KB062137

이야기와 놀다

시작시인선 0502 이야기와 놀다

1판 1쇄 펴낸날 2024년 4월 22일
지은이 김경수
펴낸이 이재무
기획위원 김춘식, 유성호, 이형권, 임지연, 차성환, 홍용희
책임편집 박예솔
편집디자인 민성돈, 김지웅, 정영아
펴낸곳 (주)천년의시작
등록번호 제301-2012-033호
등록일자 2006년 1월 10일
주소 (03132) 서울시 종로구 삼일대로32길 36 운현신화타워 502호
전화 02-723-8668
팩스 02-723-8630
블로그 blog.naver.com/poemsijak
이메일 poemsijak@hanmail.net

ISBN 978-89-6021-763-8 04810
978-89-6021-069-1 04810(세트)

값 11,000원

이야기와 놀다

김경수

천년의 시작

시인의 말

육 년 만에 일곱 번째 언어의 집을 지었다. 시를 창작하는 데 있어 새로운 기법을 얻기 위해 언어의 사냥꾼이 되어 도시를 어슬렁거렸다. 진정한 현대 시인이 되려는 것은 구도자의 길과 같다. 새로운 시를 위해 시작詩作의 경향을 지속적으로 바꾸어 나간다. 포스트모던한 옷을 입은 서정이 내포된 새로운 시를 표현해 본다.

2024년 4월

김경수

차 례

제2부

제3부

제4부

해 설

제1부

이야기와 놀다

우리는 모두 자신의 관점에서 하루를 시작한다.

습관적인 생각과 매일 연속되는 생활을 버려야 새로운 날이 시작된다.

말하지 않고 눈빛만 던지는 것이 더 철학적이고 이지적理智的이다.

아침은 모르는 사람들의 이름처럼 시작된다.

이때 적절한 이야기가 필요하다.

내가 너에게 네가 나에게 책이 되어야 하고

오래된 라디오가 되어야 하고 노래가 되어야 한다.

식탁 위에 있는 꽃병도 이야기를 해야 한다.

이야기만이 사람의 마을의 하루를 즐겁게 열 수 있다.

절망적인 뉴스만 넘쳐 나는 아침에는

너에게도 나에게도 진실한 이야기가 필요하다.

집도 이야기를 하고 싶어 한다.

이야기를 듣지 못하면 화분의 꽃은 시들 수밖에 없다.

꽃병에 이야기를 채워야 한다와 서랍에 이야기를 넣어 두어야 한다가

이야기가 되고 담론談論이 되고 토론이 되고 논쟁이 되어

상처가 나기도 하지만

이야기가 없는 삶은 외로운 삶이고

침묵하는 삶에서는 이야기가 그리워지고

이야기가 비록 장황하더라도

이야기가 쓸데없는 내용일지라도

이야기가 거짓말 같더라도

이야기가 꽃병에 물을 채워 넣고 삶에 안락한 집을 만들어 준다.

책을 만들어 주고 소문을 만들어 주고

말하지 않음도 만들어 주고 안이함의 평화도 만들어 준다.

생각이 없는 이야기일수록 단맛이 나고 선량하기까지 하다.

내가 명명한 오늘 아침의 이름은 안일하게 혼자 죽기 싫은 뜨거운 빵이다.

어떤 사물에 대해 이야기를 하지만

말하지 않는 것이 훨씬 더 많은 아름다움을 거느리는 경우도 있다.

이야기가 커피값을 지불하고 커피를 주문하고

익숙한 이름들을 호명하며 또 다른 이야기를 부르고

이야기로 인해 이전에는 없던 새로운 아침이 다시 시작된다.

이젠 차갑거나 어둡거나 쓰디쓴 이야기가 없는 아침을 상상할 수 없다.

나의 삶이 아무리 슬픈 내용이라도

이야기는 바람 신발을 신고 즐겁게 춤춘다.

인사하는 책

오래된 책에서는 생각이 걸어 다닙니다.
독자에게 일부러 아는 체를 하며 인사를 하고
커피 잔을 앞에 두고 토론하고 싶어 하고
사람들 사이에서 대화가 필요한 이유를 알고 싶어 합니다.
새들은 자신들의 언어로 이별을 이야기하고
몸이 있어 생각이 존재하고 생각이 있어 몸이 존재하는데
책은 몸이기도 하고 생각이기도 하고
책은 꽃이기도 하고 이파리이기도 하고
책은 둥지를 찾아 날아가는 새의 발자국 모양이기도 하고
허공에 울려 퍼지는 북소리이기도 합니다.
책상에 앉아 잠시 창밖을 응시할 때
책 속의 사상이 물방울이 되어
강물인 당신에게로 흘러가기도 합니다.
그 짧은 시간이 긴 영원한 시간이 되고
그 속에서 진리를 만나고 빛나고 차가운 눈물을 만납니다.
오래된 책에서는 시간이 흘러간 흔적이 향기가 됩니다.
사람들의 생각은 죽음에 의해 깨끗이 지워지지만
책 속에서는 영원히 혼자 남은 깃발이 펄럭입니다.
책 속에는 사색하는 의자가 있습니다.
의자는 사색하는 만큼 낡아 갑니다.

삐걱대는 의자는 이 세상을 떠나간 철학이 다시 오기를 기다립니다.

책 속에는 꽃 피는 소리를 듣는 귀가 있습니다.

그것이 책이 존재하는 이유입니다.

문장이 사상을 만들고 사상이 결말이 없는 책을 씁니다.

문장들이 두 줄로 서서 미로를 만들고

미로의 끝에는 사람의 말을 하는 새가 서 있습니다.

노을에게 말을 걸다

산 너머로 지는 노을에게 말을 걸어 본다.
삶은 왜 이리 고단한 것인가?
믿음은 왜 이리 하찮은 것인가?
믿지 않는 것이 현명한 일인지,
믿음이 있다고 믿는 것이 성공한 것인지?
마음이 아프지 않게 하기 위해 사랑은 없다고 믿는다.
산 너머로 사라지기 전에 산꼭대기에 붉은 물감을 쏟아 붓는
노을아, 인생은 왜 기쁨은 짧고 슬픔은 긴가?
삶은 왜 이리 고단한가라는 문장이
일과를 마치면 매일 벤치에 앉아
서산으로 지는 해의 노을을 보고 있는 나를
측은한 눈빛으로 바라보며 말을 건다.
인생을 이해하려면 서산을 향해 손을 흔드는 나무들을 보라.
나무들은 단지 소리치고
나무들은 오직 분노하고
나무들은 울부짖기만 하고
강풍이 불어도
나무들은 항상 그 자리에 그대로 있다.
벤치에 앉아 노을에게 말을 건다.
벤치는 어디에서 와서 어디로 가는가?

벤치는 언젠가 영혼을 울리는 파이프오르간 소리를 낼 수 있을까?

벤치 위에 앉아 노을을 보내며 문장이 시를 쓴다.

역경이 사람을 울게 하지만

역경으로 인해 사람은 바로 설 수 있다.

문장이 새로운 슬픔 하나를 안고

낙엽처럼 시간의 바다 위에 떠 있다.

시간은 흘러가도 벤치는 남아 있고

산 너머로 새로운 노을이 지고

인생은 또다시 새로운 슬픔 하나를 맞이하고

벤치는 사람들이 없는 어둠 속에서 파도 소리를 낸다.

어떤 문장은 일기를 쓰고

어떤 문장은 역사를 쓴다.

세월이라는 책 속에 적혀 있던 문장에서

글자들이 차례로 일어나 노을의 뒤를 따라간다.

키 큰 나무의 녹색 나뭇잎들에서 물고기들이 태어나

투명한 지느러미를 흔든다.

대화를 하다

그해의 그 무더웠던 여름이 사라지듯
흘러가 버린 유행가가 그리워지네.
그대와 나의 대화 속에는
일상日常과 혁신革新의 대립이 예정되어 있었다.
진리는 없다고 애초에 그것은 진리가 아니었다는 논쟁이
영원한 진리는 결국 있다고 믿는다고 하였고
진리가 실패하게 되면 어떤 법칙도 믿지 않는다고 하였지만
그대와 나의 대화는 어느 순간
산 자들의 근원적 슬픔에 관한 것으로 옮겨져 있었다.
삶이 슬픔인지 죽음이 슬픔인지는
이제 어떠한 의미도 없었다.
하늘을 날던 새가 풀밭으로 떨어지는 것도
달팽이가 연못을 벗어난 것도
이제 더 이상 문제가 되지 않았다.
나무와 돌 위로 내리는 비는 자연의 감정이다, 라는 구절句節을 잡고
아직 태어나지 않은 생명들이 이제 막 피어난 꽃들을 향해 손을 흔든다.
산 자들은 언젠가는 사라지고 새로운 생명들이 그 자리를 차지하듯

비워지는 것과 비우는 것을 인정할 때 아름다운 희생이 된다.
파란 하늘에 새들이 즐겁게 노래하며 줄지어 날아가지만
산 자들은 저마다의 통증을 안고 걸어간다.
아픈 걸음도 있었고 즐거운 걸음도 있었고 슬픈 걸음도 있었지만
순간에서 순간으로 걸어가는 행위가 더 중요하다고 인정할 때
영원한 것은 없다, 라는 구절을 되뇌면서도 행복해진다.
따뜻한 한순간 속에는 짧은 사랑과 기다림이 있었고
순간 속에 있는 간절한 노래가 순간을 영원으로 만든다.
이 세상에 영원한 진리가 있는가? 라고 묻는 순간이
무지개가 되어 빛나고 있었다.
삶과 죽음이 포옹하는 토요일 오후
한 사내에게 허락된 시한부時限附의 시간이 고개를 숙이고 돌아서 가고
그해의 그 무더웠던 여름이 사라지듯 유행가가 흐르고
이루지 못한 꿈들과 얼마 남겨지지 않은 시간이
사진 안에 서서 우아하게 웃는다.
한 세계가 끝나더라도 순간에 의해 새로운 세계가 온다.

언어의 냉기冷氣

언어에도 냉기가 있다.
그러니까 실패한 단어를 만졌기 때문이다.
언어가 차가운 꽃이 되어 나무의 꿈속으로 들어간다.
나무는 꽃을 품고 모국어母國語의 잎을 피운다.
문장도 나룻배가 되어 나무 앞에 정박한다.
바다라는 언어에는 물은 없다. 단지 그렇게 지시할 뿐이다.
먼 이국에서 모국어를 쓰고 모국어를 읽을 때
왜 우리는 눈물이 나는 걸까?
언어에도 감정이 있어 젖은 눈빛을 가진 문장이
푸른 눈의 프랑스 벌목공伐木工에게 푸른 물고기를 건넨다.
흐르는 문장에서 물고기를 잡는 일은 쉬운 일이었다.
문장을 빠져나온 단어들이 위치를 바꾸어 서서 걸어간다.
푸른 눈의 프랑스 사람의 마음을 문장이 읽는다.
그렇다면 문장은 모래가 아니다. 문장은 강물도 아니고
시인이 가지고 노는 놀이기구이다, 라고
강물이 주장하지만 그럴 수도 있고 그렇지 않을 수도 있다.
바람과 함께 사라지는 문장도 있다.
그러나 언어가 빠져나온 문장이 문장일 수 있는가?
희망이 놀라고 절망이 잠을 자는 틈을 이용해
별들이 천국 문門을 열자

문장의 문을 열고 언어들이 지느러미를 흔들며 하늘로 올라간다.

결국 언어에도 냉기가 있다는 증거를 보는 것이다.

가난한 시간

빈집에 놓인 탁자에 빈 물병을 놓으면
허물 벗은 시간이 뛰어 들어간다.
시간을 가두어 둔다고 해도
지하 철도 개찰구에 카드를 대면 문이 열리고
내가 붙잡고 있던 시간들이 잘게 부서져 날아간다.
시간은 물고기이다. 잡으면 미끄러져 달아나는
다친 새가 시간의 알갱이를 정확히 쪼고 있다.
슬픔에는 방향이 없다.
단지 가슴 상처의 깊이만 있을 뿐이다.
다시 바라보면 시간은 가난하고 불쌍하게 보인다.
가난한 시간의 뒤를 따라 걸어가는 사람들이 재가 되어 날려 간다.
날아간 시간을 찾으러 집 밖을 나선다.
여행기旅行記의 사진이 시간을 잠시 잡아둔다.
시간이 들고 있는 햇살이 하프harp를 연주한다.
먹구름 아래에서 비를 맞으며 덕수궁 대한문大漢門 앞에서
열한 시가 열두 시를 만나 수문장守門將 교대를 한다.
시간을 내동댕이쳐 봤자 시간은 바로 튀어
시계 안의 제자리에 가 앉는다.
그러나 시간을 만나는 일은 아름다운 일이다.

침묵 속에도 강물이 흐르고 꽃잎이 흐르기 때문이다.
시간을 택시에 태울 수는 없다.
시간은 항상 헤어질 준비가 되어 있기 때문이다.
아, 천 개의 발을 가진 시간을 보면 눈물이 난다.
도마 위에 놓여 있는 토막 난 물고기는
앞만 보고 달려가는 시간의 흔적이다.

꽃의 기억

세상의 많은 영혼들이 사라져 간 행간行間에
꽃은 닻을 내리고 기적汽笛을 울린다.
피아노 위에 꽃병이 놓여 있고
꽃병에서 자라난 나비가 건반 위에 앉아 팔랑인다.
이끼가 물고 있는 물기가 글자가 되어 걸어 나온다.
문장들 사이에 떠 있는 꽃은 미지의 대륙을 향해 출항할 채비를 한다.
나비가 두드린 음률이 푸른빛을 낸다.
게아재비가 밤의 표면을 미끄러져 간다.
창밖에는 얼음 광장을 잊기 위해 바람이 불고
식탁 위에는 책이 있고
이야기가 만든 꽃은 시들어 가고
항간에 떠돌던 소문이 밤을 밝히고
이야기가 이야기를 만들어 식탁 위는 소란해지고
꽃이 침묵한다는 사실이 갑자기 어색해지고
침묵이 더 큰 소리라며 달아나는 한낮의 정적靜寂이
산딸기처럼 빨갛게 익어 가고
꽃이 닻을 올리고 떠나간다는 사실도 신기한 기류氣流처럼 여겨지는
책 안의 글자들이 꿈 조각들을 들고 기어 나와 꽃을 바

라본다.

서로에게 익숙해진 기억들이 눈송이처럼 쏟아진다.

사라질 구름에 대해 이야기할 때

오후 아홉 시 티브이 뉴스가

난파한 꽃의 실종자 구조 상황에 대해 생중계를 한다.

11시가 사는 어항

어항 속의 금빛 금붕어가 11시를 가리킨다.
점심을 건너뛴 나는 배가 고픈데 미녀는 배고프지 않다.
바람이 불지도 않는데 수초와 금붕어가 함께 출렁이고
파란 수초 안으로 11시가 몸을 숨기자 금붕어도 파랗게 변한다.
누가 황금 의자에 앉고 싶어 하는가?
황금 의자는 나무 의자가 되고 싶어 하는데.
그녀의 소식을 싣고 오는 꽃잎을 시집詩集 속에 넣어 두지만
흐르는 강물 위에 떠내려오는 것은 적막 혹은 그늘이다.
침묵과 고독이 냉정한 징표이므로
12시는 11시의 또 다른 얼굴이다.
살아 있는 자들의 눈빛을 사랑하는
금빛 금붕어가 침묵을 흡입하고 둥근 경계를 내뱉는다.
어항 속에도 바람이 분다.
그것은 존재하는 자들의 슬픔이 만든 기압의 차이이다.
우주의 한 행성에서 날아온 빛이 우리들의 손금에 내린다.
우리는 사라질 존재라는 사실을 알리는 차가운 정보일 뿐이다.
그 빛을 가슴에 품으면 빛은 알을 깨고 나올까?
어항 속의 금붕어는 어두움 속에서도

사라지는 빛의 자락을 흡입한다.

이별에는 함부로 던져질 수 없는 서러운 집요함이 내재해 있다.

11시가 빠져나가고 소리와 빛이 사라진 어항은

눈물의 사막이거나 수초들의 통증이다.

기쁜 소설

별이 꿈을 방문하였다.

꿈속에는 하얀 언덕 위에 하얀 집이 있었고

하얀 화분이 줄지어 서 있었다.

집 밖에는 거꾸로 심어진 나무들의 입술이 빛나고 있었고

다리를 다친 바람이 쉬고 있는 텅 빈 버스 승강장을 배경으로

길 잃은 작은 새가 꽃들의 합창에 귀 기울이고 있었다.

마을의 골목에서 별이 반짝였다.

골목에는 버려진 의자가 있었고

아무도 그 의자에 앉지 않았지만

도스토옙스키는 소설을 쓰고 있었다.

결국 별이 소설을 방문하였다.

기쁨이 없으면 인생을 끝까지 살아갈 수 없기 때문에

우리는 벽에 있는 작은 구멍에서라도 기쁨 한 줄을 찾아야만 했다.

소설 속에서 마지막까지 살아남기 위해서

비 오는 날에도 웃어야 했고

헤어지는 날에도 웃어야 했고

추락하는 날개를 보고도 웃어야 했다.

웃는 의자가 별을 올려다본다.

의자가 도스토옙스키의 소설을 듣는다.
의자는 하얀 집이 되는 꿈을 꾼다.
하얀 언덕을 방문한 관광객들은 모두
하얀 옷을 입어야 한다.
하얀 옷이 하얀 의자에 앉아
인간보다 더 인간적으로 되어 간다.

추억의 냄새

슬픔에도 방향이 있다.
다친 새가 물을 마시는 소리가 그 기준이다.
작은 새에게도 자신만의 공간이 있다.
물고기의 지느러미가 흔적을 지운다.
빈집에는 소리와 빛이 부딪혀 푸른빛을 낸다.
기억은 따뜻한 봄을 떠올리고
승차권 카드를 대자 버스는 봄을 찾아 떠난다.
나는 하나의 이파리가 되어 허공을 떠다닌다.
저녁노을은 추억의 냄새를 맡을 수 있는 오래된 책이다.
책장을 넘기면 먼 곳으로부터 북소리가 들린다.
하늘을 날아다니던 붉은 마차가 산을 넘어가자
죽음의 빛도 아름다울 수 있다는 것을 본다.
결국 나는 허공을 떠도는 시간의 흔적이고
물방울인 내가 언젠가는 강으로 들어갈 것이다.
침묵의 아름다움이 슬픔의 방향이었고
시간은 그 슬픔을 데리고 떠나는 새로운 소식이었고
결코 백발이 되지 않는다.
이별과 이별은 만나서 새로운 시간을 만든다.
물을 마시던 다친 새가 하늘에서 떨어질 때
밤의 따뜻함이 그 종착역이었다.

혼자 걸어가는 골목

꽃 피는 시간이 천 마리의 나비들을 몰고 온다.
천지가 온통 노란 나비들로 뒤덮인다.
바람 소리가 나비의 날개에 귀를 기울인다.
골목으로 뛰어내리는 눈에도 서늘한 감정이 실려 있다.
흰 눈에서 음악 소리가 세밀하게 퍼져 나온다.
오후의 물동이에는 빼앗긴 잠이 숨겨져 있었다.
눈꽃이 피는 도로에 암호처럼 떠 있는 버스 정류소에서
방울을 달랑이며 걸어가는 어둠을 발견한다.
어둠이 희망을 품고 홀로 꿈을 분만分娩하는 것을 본다.
딱딱한 어둠, 차가운 어둠, 뾰족뾰족한 어둠
그것이 우리가 상상하는 골목의 속성이다.
골목에게 오후 두 시의 푸른 사과라는 이름을 붙여 준다.
빈 서랍을 열자 숨어 있던 골목이 뱀처럼 기어 나온다.
어둠의 끝이 보이지 않는다. 혼자 걸어가는 골목이
또다른 골목을 만든다.
푸른 눈빛을 한 사람들이 드나들던 골목 안으로
서늘한 문장이 악천후를 거슬러 연꽃처럼 흐른다.

외로운 문장

너를 잊는다라는 문장文章 뒤를 꽃나무가 따라왔다.
두 개의 얼굴을 가진 사람들이 너무 많다.
그것이 삶의 방식인지, 사람의 문제인지 알 수가 없다.
진실은 분명히 있는데 진실은 가려진다.
이 시대의 맹목적인 화물열차는 달려오고
너를 잊는다는 문장이 덜컹덜컹 소리를 내는 마차가 된다.
바람이 불자 흩날리던 꽃잎들이 너를 잊는다는 문장을 따라간다.
서로를 너무 잘 아는 사람들이 등을 돌리는 것보다 아픈 일은 없다.
그것으로 인해 너를 잊는다는 말의 감옥에 갇힌다.
잊힌다는 문장이 어두운 복도 속으로 홀로 걸어간다.
봄이 꽃을 피운다는 것은 착각이었다.
꽃들이 게으른 봄을 끌고 왔기 때문이다.
잊힌다는 말은 아픈 귀를 가지고 있다.
꽃 피는 소리를 듣던 귀가 문장이 되어 향기로운 형용사를 기다린다.
너를 잊는다는 문장은 하얀 총구를 가졌다.
하얀 총구에 가슴을 대는 서러운 문장도 있다.
붉은 저녁노을이 옅어지는 소리를 듣는 늙은 문장도 있다.

녹슨 포클레인은 바람이 연주하는 피아노이다.
텅 빈 공사장에서 피아노 선율이 계단처럼 올라간다.
너를 잊는다는 말은 절벽이었고 잔인한 칼날을 지녔다.
우리 모두는 잊히는 것이 두려워 메아리가 되어 떠돈다.

난해한 유리창

침묵이 활시위를 당기자

화살이 날아가 떨어진 자리에서 소음騷音이 그리움처럼 자라난다.

때로는 진지한 표정으로 물어본다.

과거는 서러운 추억인가?

현재는 아름다운 왕관인가?

미래는 얼마 남지 않은 가을 햇살인가?

누군가는 어두운 골목길 애인의 불 꺼진 창문을 떠올리고

누군가는 그 골목길을 비추는 가로등의 침묵을 떠올린다.

나는 그대로 있는데 세월만 흘러갔다.

낡은 체제를 짊어지고 겨울이 갔으나

새로운 봄은 아직 오지 않는다.

떠나는 자여 그대의 얼굴 표정은 그대로이지만

남은 자들의 눈빛은 붉게 물들어 간다.

별똥별의 꿈에 대해서 이야기 해 봅시다.

젊은 침묵이 늙은 침묵에게 소리친다.

기억과 경험이 사물을 보므로

소멸로 인해 사물도 사라지고 침묵과 고요만이 남는다.

그것이 행복한 상태인지 불행한 상태인지

살아남은 새가 먼 하늘로 날아가

왜 그 큰 날개를 퍼덕이는지를 알 수가 없었고
유리창이 왜 그렇게 끝까지 침묵을 끌어안고
옹호하는지를 알 수가 없었다.
우리는 지나가는 존재이고
우리는 돌아보는 존재이고
그리움이 또 다른 그리움을 그리워하는 존재이며
사랑이 사랑을 만나고 싶어 하는 존재이기 때문이다.

책 속에 비가 내린다

책상 위에 놓인 책의 책장을 넘기면
햇살이기도 하고 노래이기도 한 시간이 빨리 흘러가고
차가운 침묵과 우아한 밤의 영토인 넓은 허공이 펼쳐진다.
허공 속에서 수직으로 떨어지는 비와
수평으로 자라던 나뭇가지가 부딪혀 향기가 된다.
향기에 취해 앞으로 내민 노란 밀짚모자 속에
시간이 냇물처럼 담기고 있다.
남은 시간은 얼마 없었고
우리는 나이가 들어 가고 한없이 작아져 가는데
노란 밀짚모자로부터 끊임없이 물이 흘러내리자
열대우림 지역으로 변한 책 속의 영토에서
상록활엽수 열대식물들이 빠르게 자라고
가지마다 가늘고 긴 문장들이 단단히 매달려 있다.
책 속에서는 서로 다른 기후대氣候帶가 만나서 비를 내린다.
별자리가 보이는 정거장에서는 가끔씩 서는 버스의 라이트 불빛이
우주로 보내는 불빛 신호가 되어 반짝이고
정적靜寂을 태우고 버스가 떠난 자리에
수프처럼 따뜻한 고요함이 응답이 된다.
땅에서 하늘까지 피아노 건반 계단이 만들어진다.

수많은 새들이 부리로 건반 계단을 쪼면 거룩한 음악이 피어난다.

책상 위에 놓인 국어책이 라디오를 켜면 그 시절의 팝송이 흘러나온다.

하얀 새처럼 생긴 그리움이 하얀 운동화 위에 조용히 앉아 있다.

남은 시간이 많지 않기 때문에
사랑을 버리고 또 다른 사랑을 꿈꾼다.
그 시절 그 노래를 구하러 떠났던 지난 시간이 되돌아왔다.
다시는 돌아갈 수 없는 시절을 그 노래가 끌고 왔다.

약속은 없다

하늘에 구름이 문장을 새기고 있다.
비행기를 새기고 양羊을 새기고 수평선을 새긴다.
구름이 새긴 길고 큰 문장 속에서
다시 온다는 약속이 속절없는 약속을 구속한다.
다시 온다는 약속을 믿는 어리석음이 부끄러움을 구속한다.
물고기를 가꾸기 위해 정원사가 왔고
나무들을 손질하기 위해 물고기 의사가 왔다.
마당에 있던 연못이 약속처럼 흔들린다.
하늘에 새겨진 문장들이 하나둘 연못으로 뛰어내린다.
어겨진 약속이 돌아올 것이라는 예감이 확신으로 변한다.
숲길이 양 떼처럼 바람을 몰아가고 있다.
숲길의 끝에서 피로한 바람이 누워 가쁜 숨을 쉰다.
약속은 지키는 것이 더 어렵다.
그것은 인생에서 건축이며 생활이기 때문이다.
온도는 아름답습니까?
밤이 품고 있는 약속은 우아합니까?
약속을 내동댕이치며 약속과 헤어지지만
다시 약속을 택시에 태우고는 어둠 속으로 달려간다.
약속은 원래 없었다.
따뜻하고 아름다운 질문이 있었다.

제2부

비와 문장

비가 내린다.
꼬리에 강한 바람을 매단 비가 내린다.
비가 내리는 풍경 속으로 파란 비가 뛰어내린다.
내리는 빗속으로 비가 내린다는 문장이 뛰어간다.
그러니까 거울 속에도 비가 내린다.
안녕이라는 인사말에도 비가 묻어 있다.
내 가슴속 깊이 흐르는 비에 대해
파란 눈의 프랑스인은 인상적인 행진行進이라고 했다.
하나의 따뜻한 문장文章이 흰 눈처럼 흰 눈썹을 위로한다.
산속에서 지르는 큰 소리에도 자상한 비는 묻어 있다.
흐르는 바람이여,
흐르는 비여,
흐르는 마음이여,
가끔 흘러온 인생을 돌이켜 보면
폭우가 내렸고 악천후惡天候가 드나들었고
체념과 인내가 문장의 등에 검게 새겨져 있다.
비가 내리지 않아도
모든 집들이 무너진 폐허에서
차갑고 슬픈 마음이 절뚝이며 걸어 나온다.

영웅을 기다리며

어두운 골목길에 누가 등불을 들고 걸어온다.
등불의 뒤를 분홍색 안개가 꼬리를 흔들며 따라온다.
어두운 방에 앉아 전등 아래서
위대한 영웅의 서사敍事에 대해 쓴다.
한때는 고통이 그러나 한때는 기쁨이 사람들을 살게 만든다는
주제가 영웅을 만든다.
고통이 영웅을 만들고 영웅은 절망 속에서 기쁨을 만들어 낸다.
영웅이 나오니까 사람들은 서사를 의심할 필요가 없다.
날개 달린 백마를 타고 영웅이 하늘로 날아갔다고 해도
사람들은 사랑이라고 믿는다.
사랑은 배신하지 않기 때문이다.
사랑이 영원하지 않다고 믿는 사람도 있기 때문에
영웅의 서사 이야기는 점점 미궁迷宮 속으로 빠져든다.
기쁨이 없으면 사람들은 살 수 없다는 주제를 되살린다.
영웅도 기쁨을 위한 조연助演에 불과하다.
낙타가 짐을 지고 사막을 횡단하는 일에 지나지 않는다.
휴식도 아름다운 이미지가 된다.
상상력과 의존성이 신화를 만들었고

신화 속에 영웅을 새겨 넣은 것이다.

텍스트는 늘 새로운 이야기와 형식을 편애하기에

커피 잔 속에는 커피가 없고 그리운 사람은 오지 않는다.

비엔나커피 속에 비엔나가 없다는 사실에

따뜻한 커피는 포효咆哮하고

달콤한 프림은 분노하고

커피 속에는 마치 늑대처럼 도망가던

흰 아이스크림이 얌전히 녹아 있다.

따뜻한 식탁

식탁은 외로움을 지우기 위한 경제적인 장치이다.
식탁 위에 꽃병을 놓고
꽃병에 물을 부으며 장황한 이야기를 하고
식기를 놓으며 쓸데없는 이야기를 하고
소문을 부풀리고 놀라기도 한다.
식탁 위에는 세계여행기 책이 놓이기도 하고
저녁이 되기 전에 이웃집 남자의 그림자가
일어나 울었다는 이야기로 호들갑을 떤다.
하루의 일과日課가 시든 꽃이 되어
이야기는 벌써 식상한 담론이 되었지만
식탁 앞에 앉아 있는 사람들은
심각하고 재미있는 표정을 짓는다.
식탁보에는 저녁 하늘에서 내려온 별들이 촘촘히 박혀있다.
세숫대야에 떨어지며 내는 빗방울의 소리처럼
이웃이 문을 두드리는 순간은 아름답다.
넘어진 찻잔에서 흐른 차가 만드는 둥근 자국에서
커피색 구름이 일어난다.
식탁에는 헤어짐이 없기 때문이다.
식탁에는 만남이 만남을 부르기 때문이다.
식탁에서는 대화가 장엄한 풍경을 이루고

새로운 상상으로 무장한 신선한 대화를 초대하고
커피 잔이 사람을 잘 이해해 주기 때문이다.
새빨간 거짓말일 수도 있지만
사람과 사람 사이의 이야기이기 때문에
무수한 상상의 날개로 인해 외로움이 지워지는 것이다.
실체보다는 현상이 더 아름다울 수가 있기 때문이다.

쓸모없는 인생은 없다

쓸모없는 인생이다라는 문장이 강물 위로 걸어간다.
문장의 가늘고 긴 다리와 발은 물에 젖지 않는다.
쓸모없어진다는 문장에서 쓸쓸한 밤의 골목길이 보인다.
모든 것이 시간의 흐름 탓이다.
쓸모없는 인생도 가까운 훗날 사라짐으로써 쓸모 있게 된다.
광장은 살아 있다.
쓸모없는 공간도 사람들이 들어섬으로써
쏟아지는 눈발처럼 아름다운 풍경이 되기 때문이다.
얼마 남지 않은 인생이 광장에 사람들을 모여들게 한다.
쓸모없는 공간이 쓸모없는 인생들을 모아
쓸모 있는 강물이 되고 싶어 한다.
사랑이 죽고 상식이 땅에 떨어져 누웠고
증오가 나무줄기를 타고 오르는 자유민주주의 공화국에서
주위에는 서러운 눈빛으로 하늘의 별이 되는
쓸모없는 인생들이 많아진다.
쓸모없는 인생이다라는 문장은 처음부터 없었다.
우리는 누군가에게는 쓸모 있는 인간이기 때문이다.
기다림이 또 다른 기다림을 기다리고
기다림이 자라 봄이 되므로
쓸모없는 인생을 기다리던 하얀 꽃도

떨어지지 않으려고 바람에 흔들리는 가지를 붙들고 있다.
나무는 귀를 열고 꽃을 보지만 소리를 내지는 않는다.
삶 속에서 침묵도 소중한 무늬이고
꿈처럼 흩어지는 기억이기 때문에
결국 쓸모없는 인생이란 문장은 찢겨 사라진다.

자유로운 책상

책상은 상상력이 꽃 피어나는 화단化壇이며 환상이 자라는 들판이다.

책상 앞에는 창문이 있고

창문 밖 땅바닥에는 바람에 밀려 수많은 낙엽들이 군인들처럼 몰려가지만

바다에는 바람이 불지 않아도 흰 머리카락들을 흔들며 파도가 몰려온다.

책상 위에는 오래된 나무가 자라고

증오가 사람을 가두고 사랑이 사람을 해방시킨다.

나와 당신의 대화가 커피 잔에서 흘러나와 책상 위에서 잠시 포즈를 취한다.

책상은 바다이기도 하고 들판이기도 하다.

책상 위에는 책꽂이가 있고 책꽂이에 책처럼 생긴 구름이 꽂혀 있다.

그 구름은 당신이 걸어 놓은 노래이다.

책상 위에는 목도리 같은 검은 골목들이 미로를 만들고 있다.

골목 속에서 새들이 날아오르고

새들이 날아가는 방향으로 골목이 걸어간다.

어두운 골목은 따뜻하다.

조용한 골목은 이야기를 생산하고 있다.

하나의 골목이 두 개의 골목으로 분열하고

골목 안에는 소란한 어둠이 의자 위에 앉아 있다.

골목에 날개가 돋아 골목이 하늘로 날아오른다.

책상 앞에 앉아 커피를 마시면 그리운 문장이 등 뒤에서 나를 부른다.

길 잃은 새가 부리로 하늘을 쪼아 대자 서서히 노을이 꽃 피어난다.

오래된 책에서는 저자의 생각과 상상력의 냄새가 뭉게구름이 되어 올라오고

예전에 책 속에 꽂아 둔 꽃잎들은

시간이 흐르지 않고 생각이 텅 비어 있는 하얀 공간으로 걸어 들어간다.

별이 있는 창문

밤이 되자 하늘에 걸려 있던 별들이 날아와 창문을 두드린다.
창문을 통해서 자유를 본 사람이 있었고
창문을 통해 즐거운 상상을 한 사람도 있었다.
창문을 통해 흐르는 시간의 물결을 본 사람도 있었고
창문을 백지로 보고 그림을 그리는 사람도 있었다.
우리는 흐르는 자이기도 하고 서 있는 자이기도 하다.
물결을 거슬러 올라오는 연어 떼가 보인다.
노을이 번지는 화선지였다가
물고기 떼가 퍼덕이는 강이었다가
햇살의 창을 막는 방패이기도 하다가
창문이 노래를 하고 문자는 지느러미처럼 파닥인다.
별빛이 고요히 내리자 폐허 속에서 문장들이 일어나 걸어간다.
나를 보기도 하고 남을 보기도 하는 투명한 물고기의 눈이다.
푸른 종소리가 내 입술에 와 닿는다.
아는 사람이 창문 앞으로 지나가고
세상의 안부도 묻고 웃으며 작별한다.
세상에는 강한 바람이 불어 나무를 넘어뜨리고
검은 구름 뒤에 숨은 해가 얼굴을 내밀기를 기다린다.
젊은이들은 세상의 미래이고 꿈인데

세상은 젊은이들에게 희망을 주고 있는가?
집집마다 헛된 이데올로기 신의 액자를 걸어 놓고
숭배하는 척하는구나.
창문 넘어 흰 목련꽃이 보이고
도로 위에는 위로받고 싶어 하는 목련 꽃잎들이
너무 많이 누워 있다.

기억과 시간이 지워지는 벤치

아파트 앞 화단에 철쭉이 피었다.
흰 철쭉, 빨간 철쭉, 분홍 철쭉이 어울려 산책로를 장식한다.
섬처럼 모인 철쭉나무들 위에 불타는 문장이 누워 있다.
출렁이는 문장 위에 녹색 나뭇잎으로 만든 작은 배가 떠 있다.
철쭉꽃은 매년 똑같이 다시 피었다가 지니
철쭉꽃에는 세월이 흐르지 않는다.
마음에서는 시간은 흐르지 않는데 육체에서는 시간이 흐른다.
오래간만에 만난 여자 친구 얼굴에도 많은 시간이 흘렀다.
흘러간 시간의 그 끝에 서서
꽃은 피었다가 지고 또다시 피지만
우리는 한번 가면 돌아올 수 없다.
나무의 잎이 다 떨어지는 것 같다.
우리는 한 그루 나무였지만
시간이 지나면 결국 낙엽이 된다.
기억이 산책로를 파랗게 색칠한다.
이 기억은 정확한지 혼란스럽다.
여기 아니 저기에 그녀와 함께 앉아 있었지.
시간이 너무 흐르면 기억이 지워지기 시작한다.
기억이 온전할 때 나는 나이고 현재에 살지만
기억이 없는 나무는 떨어진 이파리에 불과하다.

기억을 잃지 않기 위해 전쟁터의 군인처럼 긴장한다.

나의 시계는 숲속에 있고 흐르는 시간의 초침 소리가 여기까지 들린다.

날아가는 시간의 속도를 줄이기 위해
햇살이 좋은 날에는 언제나 산책로를 걷는다.
나를 보고 웃으며 가볍게 목례를 하는 당신은 누구인가?
나는 누구이고 나는 어디에 있는가?
"내 잎사귀가 다 지는 것 같아."*

* 영화 《The father》 중에서 알츠하이머 치매에 걸린 주인공인 안소니 홉킨스가 우울한 표정으로 내뱉은 대사.

기차역

환상으로 지어진 꽃집입니다.

사랑하는 사람에게 꽃다발을 배달하기를 원하면 주문하세요.

꽃들이 날개를 흔들며 긴 목을 내미는 고향 가는 길에

정확한 날짜에 보내드리지요.

당신은 말이 없이 이어폰을 끼고

옛날의 기차 소리를 음악으로 듣고 있군요.

바람이 불면 철로鐵路 옆에 일렬로 선 온갖 꽃들이 귀를 쫑긋 세우지요.

플랫폼 철로 옆에는 한평생을 매일처럼 수기신호手旗信號를 보내던

일본 영화 《철도원鐵道員》의 늙은 역장驛長이 서 있고

역 안에는 기차가 서면 사람들이 급히 달려가던 우동집이 서 있지요.

당신은 무슨 생각을 하나요?

서울발 부산행 무궁화호 마지막 밤 기차인 침대차 침대에 누우면

꽃으로 지어진 환상이란 문자가 함께 누워

덜컹거리는 기차 바퀴 소리에 자다가 함께 깨기도 하지요.

시작이 있으면 끝이 있다는 것을 증명하는

부산발 서울행 새마을호 새벽 첫 기차를 타고 서울역에 내리는

이른 새벽에는 사람들은 역내 목욕탕에서 짧은 잠을 자지요.

결국 끝은 새로운 시작의 길로 이어져 있더군요.

님을 향해 달려가는 꽃향기는 북소리인가요?

침묵은 산 자들의 그림자인가요?

침묵이 역驛에게 묻습니다.

당신의 이름은 무엇인가요.

환상이라는 이름으로 지어진 바다이며 항구인가요?

언제나처럼 매일 꿈을 실어 보내는 당신에게 인사하고 싶습니다.

검은 모자와 아름다운 책

탈무드Talmud 책 속의 단어가 나를 읽는다.
푸른 숲속 키 큰 나무가 쓰러지는 것도 책의 책임은 아니다.
성인聖人들이 던지는 눈빛이 문장이 되는 것도 책의 이유는 아니다.
허공에 손을 넣어 꽃을 건져 낸다고 해도 그것은 책의 일이 아니다.
말레이시아에서는 터번turban을 쓴 문장이 일어나
단어들을 줄지어 데려간다.
숲속에서 물고기를 낚는 것도 날씨가 흐린 이유가 될 수 있다.
책 속의 단어가 나에 대해서 쓴다.
"바람이 불고 쓸쓸히 한 사내가 벤치에 홀로 앉아 있다"라고
벤치의 나무를 만지며 물고기 뼈를 상상한다.
선물받은 탈무드 책의 맨 앞장에
"1983년 9월 30일, 결혼을 축하드립니다"라고 씌어져 있다.
탈무드는 오천 년 동안 언어들이 공들여 만든 거대한 나무였다.
귀이기도 하고 눈이기도 했다.
탈무드의 뼈를 만지며 유태인의 마음속으로 걸어가 본다.
모든 상점들은 문을 닫았고

검은 모자를 쓰고 검은 양복을 입은 긴 수염의 사내들만 모여 있었다.

나무가 나를 읽고 글을 쓰고 있었다.

그릇에 혀가 달려 있었고 사과를 먹고 있었다.

지혜智慧가 가득한 사과가 시詩를 쓰고 있었다.

문장이 나를 쓴다

나는 앉아 있다.
문장이 앉아 있는 나를 쓴다.
문장과 문장 사이에 바람이 분다.
문장이 쓰는 단어는 뒤죽박죽이다.
내가 어떤 문장도 떠올리지 못할 때
문장이 나의 내면을 쓴다.
낙타가 사막을 횡단한다.
사막에 꽃이 만발한다.
발 없는 꽃들이 뛰어다녀도
나는 계속 앉아 있고
나의 머릿속은 비워져간다.
펜이 종이 위에 문장을 쓰고
문장이 나를 묘사한다.
커피 잔에 커피는 없고 겨울이 있다.
커피 잔에도 봄은 올 것이고
사랑하는 사람도 찾아올 것이다.
홀로 남은 자에겐 어떤 중얼거림도 다정하고 따뜻하다.
거센 바람이 불어 앉아 있는 나는 흔들리고
문장이 나를 바라보며 나를 그린다.
검은 구름처럼 저녁이 왔고

공중전화와 우체통이 점점 사라지는 거리에
무인 판매점과 현금 자동 인출기만 늘어 간다.
태어남도 던져지고 죽음도 던져진다고
책상 위에 놓인 편지에 쓰다가 만 시詩가
저녁 늦게까지 나를 기다린다.
다락방이 우유를 마시고
눈송이 떼가 푸른 코끼리들을 몰고 온다.

이야기가 꽃피어 난다

슬픈 이야기가 있었다.
사랑받지 못하는 사실
사랑을 믿지 못하는 사실
처음부터 사랑이 없었다는 것
미움과 분노로 부풀어 오르는 인생
이야기는 집에서 태어나 책 속에 살았고
꽃병의 물이 되어 싱싱한 꽃이 되게 하였다.

이야기는 더 어린 이야기를 낳았고
세상은 이야기로 뒤덮였고
이야기가 세상의 주인공이 되었다.
사람들은 이야기에 웃고 울고 노여워하기도 하였다.
보다 더 슬픈 이야기가 있었다.
믿음의 대가(代價)가 배신으로 돌아올 때
인간 자신들의 이야기이기 때문에
인생의 전부이기도 했고 세상의 전부이기도 했다.

이야기는 이야기를 낳고 이야기가 세상을 지배했다.
이야기를 만들지 못하는 사람은 변방으로 밀려나야 했다.
얼음은 차가운 왕국을 이야기했고

사전에서는 단어가 걸어 나와 장황한 이야기를 만들기 시작했다.

나무들은 모국어로 된 이야기를 만들어 내며 가지에 꽃을 피웠다.

숲은 다양하고 새로운 이야기들로 넘쳐 났고
바람이 불자 이야기들이 낙엽으로 떨어졌다.
이야기 속에서는 숲에도 황금 물고기가 살고 있었고
보수적인 이야기는 웅변가가 되었다.

이야기는 이국에서 펄럭이는 국기처럼 감동적이기도 하였다.
이야기는 하나하나가 개성적인 얼굴을 가지고 있었다.
이야기는 집에서 태어나 책 속에 살았고
식탁에서 주고받다가 소파에 잠시 앉았다가
창가에서 불꽃처럼 빛났다가 밤하늘로 사라졌다.

새와 별

새가 하늘을 나는 것은
저 하늘의 별이 되기 위함이다.
꽃이 꽃잎을 버리는 것은
다시 돌아온다는 언약의 표식을 남기기 위함이다.
허공을 향해 무거운 짐을 지고 걸어가는 것은
희망이란 글자를 데려오기 위함이다.
떠나가는 배를 하염없이 바라보던 그 눈빛은
우리 모두의 가슴에 떠 있는 구름이다.
하나의 명제를 비판하고 분석하고 다른 각도에서 보고
그것이 진리일까에 대해 의심하는 행동이
철학을 버리고 흑백논리에만 집착하는 이 광기의 시대에
필요한 삶의 방식이다.
진실의 눈을 가려도 진실은 언제나 살아 있어 진실을 말
한다.
노랑나비를 따라 사슴이 왔다.
흑백논리가 아우슈비츠 수용소를 만들었고
이념으로 편을 갈랐다.
사슴을 따라 노랑나비가 날아왔다.
노랑나비는 하늘을 향해 내미는 손이다,
하나의 이론을 비판하지 않고 그대로 수긍하는 것은 죄

악이다.

사슴을 따라 노랑나비가 왔다는 문장이 진실인가 의심하는 것이

너와 나의 다름도 진리라고 하는 진정한 인류애이다.

높은 자리에 앉은 양의 탈을 쓴 늑대가 너무 많다.

양심을 버리고 권력을 붙잡으려고 하는 문장도 너무 많다.

상식과 합리를 버리고 불의의 전차를 타는

뻔뻔한 까마귀들도 너무 많다.

세상은 포스트모던한데 거짓말하는 애완견들이 너무 많고

진리를 위해 비판하지 않는 이분법적 나무들이 썩어 간다.

냄새나는 세상의 뒤를 졸졸 따라가는 것이 더 큰 죄악이다.

희망이 몸을 숨겼다

희망이란 실체를 찾아 집을 나섭니다.
버스를 타고 정류장에 내려 사거리를 건너 보도를 걸으며
보이는 사람들에게 그것이 있는 곳을 물어물어 다녀 봅니다.
거짓말을 궤변으로 포장하는 정치꾼들이 많아도
우리들에게 희망이 있는 걸까요.
그런 무리들을 맹종하는 사람들이 많은 것도 희망인가요.
이 시대 이 나라에는 희망은 절망들로 둘러싸여 있습니다.
합리와 상식은 이 나라를 탈출하고 말았습니다.
길거리를 헤매어도 절망과 위선의 도시에서
희망이란 실체를 찾을 수가 있을까요.
희망이란 증표證票는 어딘가에 있을 텐데
희망이 숨어 있는 나라에서 희망이 없다고 토로하는 것은
독립군처럼 숨어 있는 희망에게 예의가 아니겠지요.
희망이 언젠가는 나타날 것이라고 믿는 것이 큰 사랑이겠지요.
희망도 스스로 참고 있겠지요.
복어처럼 배를 불리고 불리다가 어느 순간 터져 나오겠지요.
실제로 희망은 넓은 땅이고
멀리 가지 않아도 만날 수 있는 우리들의 이웃이기도 한데
물신物神이 숭배받는 이 시대의 정치꾼들은

절망들만 풀어놓고 스스로 희망을 폐기 처분廢棄處分 하고 있습니다.

양심의 소리에도 부끄러움을 못 느끼는 사람들이 정치를 하는 이 나라에

오늘도 희망이란 실체를 찾아 집을 나섭니다.

슬픈 예감이 노을빛처럼 번지는 집 현관에서

우리는 언제까지 오지 않는 희망이라는 실체를 기다려야 할까요.

장미가 가위를 들고 가시를 자르며 희망이 돌아오기를 기다립니다.

꽃병에 마음이 착한 물을 채우지만

사람들은 장미의 가시에 찔리고 맙니다.

제3부

말을 버린다

어느 날부터
티브이를 보지 않게 되었다.
말이 쓰레기로 보였다.
아름다운 말들이
불온한 이념에 의해
소위 어용 지식인이라는 자들의 더러운 사고와
정치인들의 비겁한 자기 합리화에 의해
상식을 짓밟는 억지 주장에 의해 더럽혀졌다.
티브이를 끄고 음악을 듣는다.
말이 없어 마음에 평화가 온다.
티브이를 끄고 시를 읽는다.
티브이를 끄고 마네와 모네의 그림을 본다
사람들을 무시하고
사람들을 바보로 아는 말들을 추방하기 위해
티브이 소리를 무음無音으로 한다.
불의 전차를 모는 자들은
이기기 위해 전차를 몰지만
전차를 몰지 않으면 이길 수가 없다.
더러움을 잊기 위해서는
말을 버리지 않으면 아름다운 승리를 찾을 수 없다.
고요함은 미녀의 미소 띤 붉은 입술보다 아름답다.

예언자가 있다

이 도시에는 바람에 줄을 달고 달리는 예언자가 있다고 한다.
푸른 바람과 노란 바람과 분홍색 바람을 주위에 이끌고 하늘을 난다고 하였다.
예언자가 늘 기도하던 원시 동굴 속의 벽화에서 들소가 걸어 나오고
믿음이 폐기되고 배신이 판을 치는 도시를 예언했다.
천국으로 가는 길이 그려진 지도가 사라졌다고 하였다.
눈먼 자들의 거리에 천국으로 가는 지도는 완성되었지만
시대가 바뀌어 다시 그려야 했다.
거리에는 누군가를 부르는 소리들만이 나뒹굴었다.
광장에 사람들이 모였고 춤이 사람들을 하나로 만들었다.
회전으로 만들어진 원이 예언자의 답이었다.
길은 더 이상 길이 아니었고 경외감이 가득한 침묵이었다.
예언자의 말이 넘쳤고 언약의 말들을 지키는 사람들이 있어
아직 이 도시는 파괴되지 않고 건재하다.
사람들은 결국 사물이 되기 위해 웃고 울었고
사물은 결코 사람이 될 수 없었다.
도시에서 쏟아 내는 사람들의 말이
낙엽이 되었다가 붉게 타오른다.
도시 안으로 흐르던 강에 예언자의 말이 흘러나와서 부서

졌다.

악惡으로부터 벗어나고 영원한 삶을 얻기 위해서는

주기도문主祈禱文과 사도신경使徒信經이 만든 시간의 문을 열고

자신을 버려야 한다.

나무 의자

아름다운 표정의 이름을 불러 본다.

떨어져 내린 나뭇잎으로 빛나는 연주를 하는 바람에

흔들리는 나무 의자여.

혼자 음악을 들으면 멜랑콜리해지는 이유를 나무의 이름으로 불러 본다.

지나간 시절의 음률이 그리워지고 애인처럼 사랑스럽다.

현재의 음률은 나를 배신한 자의 돌아서는 등과 같다.

젊고 예쁜 여배우의 미소를 보면서 슬픔의 극한極限을 느낀다.

그 시점의 아름다움은 다시 돌아오지 않으므로

생각 없는 나무들은 그 시점의 아름다움에 반한다.

영원히 행복할 것이다. 생각이 없는 생명체는

어떠한 사상도 담지 않은 문장은 더 행복할 것이다.

바람 현을 이용해 나뭇잎을 모아 연주하는 나무 의자여

나무 의자가 지배하는 이 시대에는 위대한 사람은 없고

착한 사람도 없다는 명제는 슬픈 눈동자에 지나지 않는다.

순수했던 사람들이 변했기 때문이라는 문장이 더 슬픈 표정을 짓는다.

어깨동무하고 걷던 친구들도 이념의 노예가 되는 이 서글픈 시대여.

슬픈 곡조만 연주하는 나무 의자의 심정이여.

하늘로 날아올라 가는 나무의 뿌리를 잡고

흰 가운을 입은 성자聖者가 승천한다.

입 속에서만 맴도는 상식적이고 합리적인 이름이여.

아무런 내용이 없는 나무 의자의 사상이 오히려 절대적으로 아름답다.

안개를 비눗방울처럼 만들어 내고 안개 속에 몸을 숨기는

무뇌無腦의 세상이여.

맹목적으로 너의 진정한 이름이 무엇인지를 물어본다.

노래하는 일기장

창밖을 응시하던 맹세盟誓가 찾아와 일기장을 건네준다.
일기장은 노래하는 새이기도 하고
붉은 저녁노을이기도 하다.
일기장 속에서는
앙상한 나뭇가지에서 멍이 든 바람의 신음 소리가 들린다.
풀잎들의 역사가 있고
방황하던 꽃들의 중얼거림도 있다.
일기장 속에 썼던 "나를 사랑한다"라는 문장이 떠나간다.
맹세가 주절거리며 나를 사랑한다고 했지만
믿음은 맹세를 데리고 떠나간다.
믿음이 나를 영원히 사랑한다고 했다.
사랑이 믿음을 믿는다고 했지만
일기장 속에 사랑이라고 썼지만
사랑을 믿지 않는다.
애초에 사랑은 없었다.
사랑은 실패하는 것이라고 믿는다.
결국 믿음도 맹세도 필요 없다고 믿는다.
사람들과의 사이에는 영원함이란 없다.
해가 넘어간 서산西山은 활짝 다 피었다가 떨어지는 벚꽃잎이다.

일어서다 부서져 내리는 파도를 보며 서 있는 환상의 역이다.

해가 사라지자 산 밑의 사람의 집들이 어두워진다.

일기장 속에서 자고 있던 한 여자에게 입맞춤하지만

사랑을 데리고 온 믿음이 맹세를 끌고 온 사랑이

일기장에서 모두 지워진다.

침묵이 필요해

침묵은 아름답다.
밤의 속살을 보여 주기 때문이다.
침묵 앞에서 아이스크림을 생각하고
침묵 앞에서 따뜻한 커피를 마신다.
침묵을 감싸고도는 음악은 화사하다.
집 안에는 낯익은 구름이 떠 있고
당신과의 대화는 장엄한 음악이 되고 있다.
집 안의 불을 켜자
당신은 없고 당신의 흔적만이 앉아 있다.
아직 태어나지 않은 침묵을 위해
강물이 너에게로 흘러가게 한다.
나무의 이파리도 침묵을 안고 있고
바람이 불면 북소리를 낸다.
의자에 앉아 침묵을 소재로 글을 쓴다.
순간과 순간 사이에 침묵이 앉아 있고
침묵이 펜으로 소음騷音의 얼굴을 그린다.
소음이 소란스러운 몸짓을 하지만
《첨밀밀》*이라는 영화를 보며 우리가 실제로 사랑한 것은
여자 주인공 장만옥의 말 없는 슬픈 표정 연기와 이미지
이다.

결국 진실한 사랑과는 헤어질 수 없다.
펄럭이는 깃발도 침묵으로 이야기를 전한다.
풀잎에 자서전을 남기던 순교자도 침묵을 사랑했다.
응시하는 침묵이 흘러가는 침묵보다 무겁다.
분노를 배경으로 침묵이 돌아앉아 있기도 하지만
세상은 폭력 같은 소음으로 가득하다.

* 《첨밀밀》(1997): 중국에서 홍콩으로 건너와 외롭게 지내던 두 남녀가 공통적으로 대만 가수 등려군을 좋아했는데 10년 동안 편한 친구 관계로 동고동락을 한 후 피치 못할 사정으로 헤어졌으나 결국 그들의 관계가 진실한 사랑이었던 것을 깨닫고 기적적으로 다시 만나 다시 사랑한다는 내용의 홍콩 영화.

저녁 해가 넘어간 산

창문 너머에는 밤이면 우는 산이 있다.
밤은 산에게 검은 망토를 덮어 주고
성공한 사람 뒤에 서 있는 몰락한 사람들의 하소연이
버스를 타기 위해 걸어간다.
차가운 바람이 불어도
앰뷸런스 차가 울며 달려와도
무관심이 더 관심이 되는 거리에서
날개가 없어도 전단지에 실려 날 수 있다.
일용한 양식을 얻기 위한 일을 마치면
사람들은 집으로 간다.
저녁 식탁에 놓인 따뜻한 물 한 잔이 위로가 되고
햇살 같은 음악을 틀어 놓고
직장에서의 평범한 이야기가 쓸데없는 대화를 만든다.
책 속에는 저자의 사상이 강물처럼 흐르고
마차가 구름을 싣고 달려가고
깃발을 펄럭이며 사라지는 것을 아름다움이라고
바람이 새들에게 전한다.
땅 위에 떨어져 남겨진 꽃잎들은 별자리 같다.
따뜻한 기후가 찾아오면
꽃들은 인간이 알 수 없는 언어로 벌들과 대화한다.

땅에는 파멸과 죽음이 언어로 피어나고 있지만
하늘에는 기다림과 언약이 노란 나비가 되어 날아다닌다.
햇빛이 유리처럼 깨어져 바닥으로 떨어진다.
벤치에 앉아 해가 넘어간 산 쪽으로 귀를 기울이면
돌아선 인간의 뒷모습처럼 보이는
산의 입에서 흘러나오는 무거운 울음소리를 들을 수 있다.

새벽 1시의 바닷가

한 남자가 겨울 저녁에 바닷가에 앉아 수평선을 본다.
어둠이 오고 주위에는 사람이 없다.
바다여, 파도여, 검은 하늘이여, 달이여
해결책이 보이지 않는 절망이 가슴을 파고드는
세상 사람들의 가슴에서 쏟아져 나오는 눈물비가
모래사장으로 쏟아져 내린다.
바다여, 파도여, 검은 하늘이여, 달이여
수평선에 마음을 걸어 두었다가 파도와 대화를 한다.
육신을 벗어 버리고 새가 되고 싶다고 한다.
지나온 시간들이 너스레를 떨며 인사를 한다.
정체를 알 수 없는 얼굴이 오로지 무서움의 대상이다.
사람과 사람 사이의 갈등이 더 무서운 미래다.
운명은 우리의 간절한 바람대로 흘러가지 않고
절망하지 않고 일어서는 것이 이기는 방법이었다.
파도가 일어서서 남자의 곁으로 와 어깨를 다독여 준다.
파도의 이름은 희망이었지만 곧 부서진다.
외롭지 않기 위해 누군가의 이름을 떠올려야 했다.
제품이 되어 가는 세상에서 작품이 되고 싶었다.
고요한 어둠 속에서 침묵은 무서울 정도로 아름답다.
순간을 북처럼 두드리는 바람이 좋다.

찢어진 가슴을 파도 소리가 보수적으로 파고든다.

바다여, 파도여, 검은 하늘이여, 달이여

세상에서 위로를 찾을 수 없을 때 밤바다의 이름을 불러 본다.

"아픈 마음으로 새벽을 기다리는 사람은 시를 쓴다"라고

밤바다가 한 남자의 마음에 글을 쓴다.

서치라이트가 훑고 가는 밤바다 위로 둥근 달이 내려왔고

저녁 해변 모래사장에 앉아 있던 한 남자가 달을 향해 걸어간다.

흰 눈썹을 단 파도가 몰려오자 파도의 뒤에서

수많은 나뭇잎이 매달린 거대한 나무가 솟아오른다.

가을이 아직 오지 않았는데도

나뭇잎들이 우수수 바다 위로 떨어져 내린다.

검은 수평선 위 검은 하늘이 열리고 눈 없는 새들이 날아온다.

바닷가 옆 공원의 눈 없는 나목裸木이 한 남자를 측은히 바라본다.

모래시계

시간이 모래처럼 흘러간다. 시간이 바람에 흩어지고 다시 모인다. 시간에도 무게가 있었다. 바람에 휘날리며 날아온 모래를 밟고 사람들은 둥글게 춤추고 울고 웃는다. 시간을 뛰어넘어 사람들은 과거의 인연을 만나고 시간이 던져주는 횃불을 앞세워 미래를 만난다. 모래와 사람과 한 생애가 어울려 하나가 되었다가 다시 흩어진다. 영원에 비하면 일생은 순간이다. 그것이 슬픔인지 편안함인지 알 수가 없다. 모래에 묻혀서도 살아남아야 진정한 승리자이다. 슬픔을 삼키고 또 삼켜야 진정한 사람이 된다. 모래는 시간이고 시간은 슬픈 표정을 한 이 시대의 사람이고 사람은 모래가 된다. 현재 이 시점만 나의 것으로 허락하고 무표정하게 달려가는 시간은 무서움인가 안락함인가? 모래에 덮여 보면 비로소 답을 알 것이다. 과거는 현재에 스며들어 있지만, 미래는 징조로만 알 수 있다. 세월이 많이 흐른 후에 사람들은 모래가 되고 모래가 된 사람들을 기억하기 위해 살아남은 사람들은 사진 앞에 서서 고개를 숙인다. 시계를 뒤집자 모래가 흘러내린다. 시간이 손가락 사이로 흘러내린다. 무의식이 흘러내린다. 들을 수도 없고 볼 수도 없는 죽음도 다른 형태의 행복인가? 폭풍에 떠밀려 죽음을 향해 걸어가는 모래의 행렬이 웃는다. 지평선 위로 모습을 드러내는 모래로 만들어진 거인이 입을 열자 향기, 사랑, 노래, 꿈이 줄지어 거인의 입 속으로 빨려 들어간다. 영생永生이라는 신기루를 향해 떠난 낙타는 돌아올 수 있을까?

기억은 아름답다

기억은 아름답게 핀 꽃이다.
기억은 손에 잡히지 않는 노래이다.
즐거운 기억이든 슬픈 기억이든
기억을 한다는 것은 행복한 일이다.
기억이 깨어져 산산조각이 나는 그때
존엄尊嚴의 가치는 사라진다.
기억을 놓으면 돌아올 수 없다.
기억에서 바다 냄새가 난다.
눈동자 속에 기억이 숨어 있다.
생기 있는 눈동자가 안고 있던 기억을 쏟아 낸다.
풍선 속의 바람처럼
조금씩 조금씩 기억이 새어 나가자
꽃잎에서 이슬이 떨어진다.
콧등에 땀을 싣고 노루가 달려온다.
기억 속에 녹아 있던 종소리에 눈이 부시다.
대열의 앞에서 휘날리던 위대한 깃발이었다.
저녁밥 시간에 골목길에서 놀던 자식들을 부르던
어머니의 목소리였다.
기억함으로써 존엄이 존재한다.
분홍빛 향기를 얻기 위해 기억해야 한다.

꽃들이 줄지어 걸어가던 거리를 기억해야 한다.
무미건조한 기억마저도 사랑하고 존경해야 한다.
비밀을 발설하여 불행해지더라도
불손한 기억에게도 경례를 해야 한다.
어린 시절 대문을 열고 반겨 주던 가족들의 인사는
눈 위에 찍힌 선명한 발자국이었다.
좋은 기억은 좋은 기억이 나는 대로 사랑하고
나쁜 기억도 나쁜 기억이 나는 대로 남겨두자.
기억하는 그 자체가 세상에서 제일 아름다운 풍경이다.

시련이 없는 인생은 없다

내 인생은 시련의 연속이었다.
시련은 내 인생이었다.
시련은 인생의 밝은 면을 먹고 자라나서 어둠을 내뱉는다.
어둠이 누군가의 울음을 지운다.
이겨 내기 위해 시련은 탄생하지만
시련은 혹독한 대가를 치르게 한다.
인생이 시련을 이기는지
시련이 인생을 이기는지는 알 수가 없다.
시련은 피할 수 없는 독배이다.
독배를 마시고도 살아남아야 한다.
시련 다음에 오는 시련과
그다음에 오는 시련을 다 견뎌 내기 전에는
인생을 끝낼 수 없다.
내 인생의 시련은 끝이 없었다.
인생은 깊은 숲속에서 겨울에 피는 붉은 동백꽃이다.
삭풍에 흔들리는 가는 나뭇가지이다.
시련은 시간 속에 숨어 있었다.
시련을 달래 주기 위해 꽃은 피었고
숲에서는 새들이 노래했다.
시간의 문을 열고 들어가면 시련이 없는 나라가 있을까?

시련을 먹고 인간은 자라고
시련을 극복하며 인생은 단단해진다.
시련은 자신이 절망 속에서 피어나는 꽃이라고 생각한다.
시련은 강풍에 휘날리는 깃발을 향해 경례를 한다.
시련은 새벽 1시를 기다린다.
그 시간에 빛나는 별빛을 사랑하기 때문이다.

사과에 대한 예우禮遇

식탁 위 접시 위에 빨간 사과가 놓여 있다.
사과의 속살을 탐하는 과도가 가까이 다가갈 때
아파트 앞 폐선로에서 사라졌던 기차가 덜컹거리며 달려간다.
한때는 냉장고가 사과를 삼켰었지.
나는 침묵을 지키며 침착하게 과도를 기다리는 사과를 사랑한다.
창조와 파괴는 한 몸이기 때문이다.
이분법만이 지배하는 이 시대에
희망은 어디 있는가?
시내가 소란스러워진다.
도시에서 범죄 용의자가 되지 않기 위해서는
사과가 사라진 시기에 대한 알리바이를 만들어야 한다.
불안을 잠재우기 위해 산책이 필요하다.
선인장이 빨갛다.
빨간 것은 사막이다.
어두워진 사막에 사막여우가 나타나
사막 가까이 내려온 별들을 향해 뛰어오른다.
어릴 때도 그렇고 황혼기의 지금도
추억 때문에 나는 사과를 사랑한다

어릴 적부터 사랑했던 사과를 위해
과도를 들고 껍질을 깎는다.
사과에 대한 최고의 사랑 표시는
싱싱할 때 사과를 먹고 사과의 관점에서
하루를 시작하는 것이기 때문이다.
기쁨과 슬픔이 한 몸인 빨간 사과가
떨어지는 나뭇잎을 보고 있다.

비밀의 현관문

문을 열면 비밀의 숲이 펼쳐진다. 열 개의 꼬리를 흔드는 바람이 불자 숲은 매일매일 덩치가 커져 간다. 사람들이 만든 오솔길이 또 다른 길을 만들며 증식한다. 새가 오솔길에 예언자의 이름처럼 빛을 내며 내려앉는다. 오솔길을 걸어가는 사람들이 저마다 다른 색깔의 메아리를 벗어 놓고 가면 멀리 달아났던 메아리가 나비가 되어 되돌아온다. 일렬로 서서 경례하는 나무들 사이로 한 나무가 빛나는 나막신을 신고 걸어가자 침묵을 미덕으로 아는 또 다른 나무가 머플러를 매고 따라간다. 트럼펫 소리가 울리고 숲에도 바다가 와 눕는다. 가진 것을 모두 버리고 경사진 길을 오르다가 숨을 헐떡이기도 하고 간혹 헛기침도 하면서 숲속은 소란스러워진다. 산의 정상 가까이에는 푸른 하늘이 구름을 목에 두르고 앉아 있다. 동래읍성 성벽 뒤 산 정상에 꽂힌 깃발들이 비장한 표정으로 휘날린다. 싸워 죽기는 쉬우나 길을 비키기는 어렵다라는 문장이 붉은색 조복朝服을 입고 부모님께 편지를 쓰고 큰절하고는 전사戰死한다. 어두워진 허공에서 임진년에 왜군들의 조총에 쓰러진 흰 꽃들과 비명 소리가 쏟아져 내려온다. 절망의 땅에서 희망을 찾는 북소리가 울린다. 슬픔이 깊을수록 지나가는 꿈이 아름답습니다라는 문장이 푸른 눈빛을 던지지만 그 속에는 서늘한 침묵이 있다.

문장은 물고기

글자들이 만든 문장은 물고기 떼이다.
마음이 물고기 떼를 몰고 가고
사람들은 물고기들의 유영遊泳을 보고 즐긴다.
문장들이 꼬리지느러미를 흔들며 어떤 의미를 물고
혹은 어떤 지시를 찾아 물살을 헤치며 간다.
수면 가까이 올라와 입을 열고 닫으며 빛나는 은유를 표현하고
푸른 상상력이 모였다가 흩어진다.
문자는 없고 이미지만 있고
사람들은 이미지를 느끼며 논다.
어떤 때는 이별의 언어가 되었다가
어떤 때는 사랑의 언어가 되기도 한다.
문장에 은빛 비늘이 빛나고
빛나는 문장이 투명한 지느러미를 흔들며
물속에서 멜로디처럼 유영한다.
바다로 간 문장들이 때가 되면 강江으로 회귀하기도 한다.
상처뿐인 영광이나 구겨진 삶도 문장이 되어 빛나고 있다.
한 시대의 원망과 슬픔도 물고기를 만든다.

제4부

인디언식 이름

나아가는 것을 새라고 명명命名한다.
꿈꾸는 것을 나무라고 명명한다.
나뭇가지에 새가 앉아
새가 날아온 거리를 이야기한다.

태어남을 이슬이라고 명명한다.
사라짐을 버스 정거장이라고 명명한다.
버스 정거장 벤치에 앉은 이슬이
버스 정거장에게 천국의 풍경을 보여 준다.

반복적인 삶을 골목길이라고 명명한다.
새로운 시적 기법을 파란 지붕이라고 명명한다.
파란 지붕이 골목길에게
하늘로 날아오르는 분홍색 풍선을 보여 준다.

소리치는 것을 색깔의 향기라고 한다.
피뢰침으로 떨어지는 번개는 보수적이다.
절망을 늘어놓는 수다는 파란 귀라고 명명한다.
우주에서 비명 대신 숭고한 음표를 끄집어낸다.

이별도 아름다운 꽃이다

떨어지는 꽃잎에도 감정은 있다.
비어 있는 건물의 감정이기도 하다가
눈이 내리는 오솔길의 그늘이기도 하다가
화살처럼 날아가는 시간의 서글픔이 되기도 한다.
이별도 이별을 만날 수가 있어서
영원한 이별도 영원한 만남도 없다.
떨어지는 꽃잎은 몸을 버리고 떠나는 영혼을 닮았다.
사랑을 놓지 않고 그리움도 놓지 않는
영원한 이별은 꽃처럼 아름다울 수가 있다.
이별이 이별과 악수하고
이별이 이별을 향해 손을 흔든다.
새가 눈을 감는 것과 꽃잎이 떨어지는 것은
자연 속에서 연결돼 있고
이별은 새로운 만남을 예정한다.
이별이 이별을 만나 수다를 떤다.
짧은 이별도 있지만 영원한 이별도 있다.
영원한 이별이 오후 1시를 만나
오래된 편지에서 추억의 냄새를 맡지만
누구에게나 이별의 상처는 쉽게 복구가 되지 않는다.
바람이 불면 깃발처럼 펄럭이고 싶었지만

비가 오면 작은 새처럼 날아가고 싶었지만
그대를 잊지 않기 위해 나무에 일기를 쓰고 싶었지만
언제나처럼 바람이 불고 비가 오고 노을이 지고
이별은 새로운 슬픔을 만나고
태어난 자들은 가슴 아픈 이별을 피할 수가 없다.
나무에서 떨어져 나온 꽃이 봄날을 버리고
골목길을 걸어가고 있다.
이별은 극복할 때만 이별이 아니다.
이별은 떠나는 꽃이 남겨 놓은 아름답고도 쓸쓸한 노래다.

무엇이 되어 만날 수 있을까?

깃발은 잃어버린 시간의 표상表象이다.
나무에서 나무로 날아가는 새도 또 다른 깃발이다.
한순간의 풍경을 화폭에 급히 그리는
낭만주의 화가 마네의 눈동자 안에도 깃발이 펄럭인다.
깃발처럼 어제 본 풍경은 흘러가 사라졌다.
지붕 위에 앉아 흘러가는 연기를 보면서
우리는 몇 번의 다른 계절을 맞이할 수 있을까?
바람이 지나간 숲은 경전經典이다.
눈뜰 필요가 없고 펴서 읽을 필요도 없다.
지나간 바람과 현재 떨어져 내리는 햇빛이 글자이기 때문이다.
어제 보았던 풍경은 너무 멀리 흘러갔고
우리들이 움켜쥔 물소리도 너무 멀리 사라졌다.
현재의 나는 연기가 되면 어디에서 피어나 있을까?
바다는 새이고 산은 물고기이다.
은빛 나무가 바다를 건너서 산으로 날아간다.
풀들도 말을 하고 다람쥐가 산으로 올라온 수평선을 갉아 먹는다.
너와 나는 깃발이 펄럭이는 어떤 언덕에서
무엇이 되어 만날 수 있을까?

너와 나는 대화와 번잡이 그리운 것이다.

너와 나는 합창과 따뜻한 포옹과 입맞춤이 그리운 것이다.

바다와 문장

밀려오는 파도 소리가 몸을 일으킨다.
하얀 파도가 바위에 부딪혀
하얀 이파리가 되어 바다로 되돌아갔고
시간이 거꾸로 흘러가며 어두운 허공을 때리자 북소리가 났다.
몰락과 탄생의 은유법인 저녁노을이
바다의 등인 수평선에 핀 꽃의 꽃잎이 피는 순간을 알려 준다.
세상과 운명에 매 맞고 위로받기 위해 바다를 보던
젊은 시절의 내가 모래사장에 앉아 있었지만
나이가 든 이제는 내 사랑이 없이
혼자되는 외로움이 제일 무섭다.
그리움이 있음으로 살아간다, 라는 평일의 어두움이
절망이 되어 모래사장 위에 고여 있는 절망을 찾아온다.
파도는 꽃과 안개와 끝없이 수다를 떤다.
파도는 물방울들의 빛나는 과거를 이끌고 온다.
파도는 원양선遠洋船의 빛을 이끌고 돌아온다.
침묵이 혼자 쓰러지는 나무이기에
침묵이 아름다운 것을 느낄 수 있는 바닷가
푸른 눈빛의 혼자가 된 문장이
가슴을 에는 바람에 세상의 절벽 끝에 서서

바다가 새가 되어 옆에 와 주기를 간절히 바란다.

바다는 끊임없이 드나들지만

문장의 옆에 정박하지는 않는다.

은색의 물고기가 바다의 근황을 가끔 전해 주지만

바다의 꼬리를 잡았던 문장은 바다를 잃어버리기만 한다.

바다의 마음을 만질 수는 없지만

바다는 자주 문장에게 다녀간다.

문장도 외로움의 눈빛을 바다에 던지기 위해

가끔 바다에서 싱싱한 물고기를 건질 때가 있다.

물고기가 바다의 흔적이기 때문에 문장은 더 서러운 것이다.

바다를 수첩手帖이라고 말하던 문장이 바닷속으로 들어갈 준비를 한다.

바다가 버린 시간을 물고 오는 갈매기도 수첩 속으로 들어간다,

사랑이 가고 홀로 남은 외로움이 이 세상에서 제일 무섭다라는

문장이 절망으로 더 빛났던 젊은 시절의 자서전自敍傳을 감싸안아 준다.

자서전에서 물의 냄새가 난다.

자서전에서 추억의 냄새가 깃발을 펄럭인다.

한순간에 있다

목련꽃은 화려하게 피지만
쓸쓸한 모습으로 땅에 떨어지고
해는 화사하게 뜨지만
젖은 노을을 남기고 지고
돌아서 보면 아름다움은 한순간에만 있다.
한순간은 강물에 실려 가고 사막만이 남는다.
바람처럼 왔다가 봄날의 꽃비처럼 간다.
눈부시게 피었던 꽃들에게는 지기 위한 시간만 남았고
빈집의 빈 식탁 위의 빈 물병 속의 마른 꽃이
창밖을 응시하며 손님들을 기다려 준다.
손을 내밀어도 잡을 수 없는 바람은
무표정하게 사막 위를 달려가고
사막이 강이 될 수 없고 강이 사막이 될 수 없듯이
절망도 없고 기쁨도 없는 오솔길에서
생각이 사라진 고요가 우리를 기다리는 행복인가?
침묵하는 사과의 아름다움과 시간의 상관관계를 설명할 수 없고
화살처럼 날아간 냉정한 시간은
나이 든 여배우의 눈가에 주름을 남긴다.
삶은 외로움을 극복하는 과정이지만

돌아갈 때에는 결국 외로움과 악수한다.
모든 기억을 지우고 사라지는 골목은 조용하다.
새가 물고 온 이파리에도 기억은 있을까?
영혼이라는 화분에도 기억이라는 꽃이 필까?
저녁노을은 모든 기억과 수다를 지우고
어두움과 악수하고 한순간에 사라진다.

꽃과 인생

우리는 지나가는 존재이다.
탁자 위의 빈 그릇 속에 따뜻한 추억을 담는다.
우리는 외로움으로 인해 사랑을 만나고 싶은 존재이다.
젊은 시절 공원 벤치에서
사랑하는 사람과 함께 앉아 있던 가슴 뛰던 그 시점을
압침으로 눌러 영원히 잡아 두기를 소망하는
더 이상 현재의 시간이 미래로 흘러가지 않기를 간절히 바라던
어리석은 존재이다.
인생은 절망의 사막에 꽃을 피우는 것.
꽃이 피고 사라지듯
사람들은 젊은 시절 아름답게 피었다가
사라짐을 향해 뚜벅뚜벅 걸어간다.
꽃이 피어나고 지는 순간은 한순간이다.
남겨진 미래도 너무 짧은 한순간이다.
불꽃이었다. 사랑하는 사람을 위해 목숨을 버리는 순간은
산을 삼킨 저녁의 가슴에서 붉은 꽃을 꺼낸다.
저 강을 건너고 나면
다시 보지 못할 것이다.
다시 만나지도 못할 것이다.

시간의 몸통을 끝까지 잡고 있어야 했다.
빛나는 청춘의 시간을 안고
더 이상 시간이 흐르지 않게 해야 했었다.

허공 속으로 사라진 꽃잎

꽃잎이 공중에 잠시 떠 있다가
바람 열차를 타고 멀리 날아간다.
내 젊은 날의 시간들이 깃발처럼 펄럭이며 흘러갔고
생존을 위한 불안과 절망이 붉은 꽃잎처럼 피어났다.
나의 미래는 장밋빛이 될 수 있을까?
나는 무엇이 되어 세상의 흙을 밟고 서 있을까?
시간은 빛처럼 날아갔고
나는 한 시점에 머문다.
사랑해서 울고 미워해서 울고
젊은 시절 나의 첫사랑은
한없이 작아져 마른 가지에서 떨어지는 낙엽이 되었다.
사랑을 잃으면 전부를 잃는 것 같았던 젊은 시절이
멀리 날아가는 불씨가 되어 반짝인다.
세월이 많이 흐른 지금
세월의 힘은 추억보다 더 위대했다.

푸른 나무인 현재를 바라본다.
건너오지 않은 미래를 바라본다.
유기된 과거를 바라본다.

>

누가 청춘을 노래라고 했던가?

그 사랑은 있으나 없다.

눈물 젖은 시간들이 제일 소중하였다.

청춘은 길 잃은 새이며 물 위에 떠가는 풀잎이기도 하다.

붉은 저녁노을을 가슴에 안은 책은 깃발처럼 펄럭인다.

파란 드레스의 여인

불이 켜진 동래문화회관 공연장으로
파란 드레스를 입은 여자 바이올린 연주자가
바이올린 케이스 안에 아기 천사를 넣어 왔다.
여자 연주자가 바이올린 케이스를 열자
아기 천사는 날아가
꽃이 되었고 미풍微風이 되었고 안개가 되었다.
공연장에는 바이올린 선율이 흐르고
많은 꽃들이 미풍에 흔들리다가 안개 속으로 사라졌다.
음악 선율이 문장이 되고 문장이 춤을 춘다.
힘든 인생일지라도
한번 살아 볼 가치는 있다라는 문장이
울다가 춤추고 웃다가 엄숙한 표정을 짓는다.
연주는 끝났고 관객들은 박수를 치며 앙코르encore를 외치고
아기 천사는 관객들의 어깨를 다독이며
바이올린 케이스 안으로 다시 들어가려고 하지 않아
파란 드레스를 입은 여자 바이올린 연주자는
아기 천사를 재우기 위해 바이올린으로 앙코르곡을 연주한다.
낯선 구름이 흘러나오고 서서히 드러나는 정체는

문을 두드리는 순간을 즐기지만
아기 천사는 비엔나커피 속 왕관으로 남기를 원한다.
바닥에 떨어져 냄새를 남기는 커피의 흔적으로 남으려고 한다.
나의 이름은 천국 문을 가리고 있는 구름이고
당신에게 건네는 편지입니다.
천국에서는 가진 것이 없는 것이 행복한 것이므로
천사들은 행복해지기 위해 가진 것을 자꾸 버리기만 합니다.
오늘 밤 당신이 나와 함께 있는다면
나는 행복을 위해
당신의 등 뒤에 서 있는 다정한 얼굴이 되겠습니다.

검은 세월 판타지

일확천금을 노리는 도굴꾼들이
중국 고대 황제의 관을 열고 푸른 다이아몬드를 훔쳐 가자
검은 모래 가루가 끝없이 흘러나와 온 하늘을 뒤덮는다.
온 세계의 하늘도 검게 변한다.
따뜻한 포옹과 악수와 대화가 나무에게는 햇살인데
우리는 너무 오랫동안 어두움 속에서 섬이 되어 갔다.
언제 우리는 오래된 악기에서 따뜻한 노래를 가져올 수 있을까?
꽃들도 향기를 잃었고 나무들도 노래하지 않는다.
정의는 사라졌고 공정도 재가 되었고
상식과 합리도 신기루가 되었다.
앵무새는 매일 만나지도, 모이지도 말라는 방송만 한다.
너무 오랜 기간 정부는 어리석었고 국민들은 위대했다.
전 세계의 검은 모래를 사라지게 하기 위해서는
잃어버린 중국 고대 황제의 푸른 다이아몬드를 찾아
황제의 관에 다시 넣어야 한다.
중절모를 쓴 인디아나 존스* 박사가 채찍을 휘두르며
검은색 지프차를 몰고 빛의 사원寺院으로 급히 달려간다.

* 《인디아나 존스》: 스티븐 스필버그 감독. '인디아나 존스'는 주인공의 이름으로 해리슨 포드가 그 역할을 맡음.

달과 수평선

거인은 일직선으로 뻗은 선을 휘어 만든 둥근 형틀에
달을 가두었다.
원 속에 갇힌 달은 끊임없이 어두움 속으로 빛을 내보낸다.
보이지 않던 수평선을 보이게 하고
멀리 물러섰던 파도를 끌고 오기도 한다.
달려가는 백마이기도 하지만
달을 위해 휘어진 직선도 영원히 펴지지 못하고
둥그런 원형 틀이 된다.
그래서 밤마다
달에서 우는 소리가 땅으로 떨어지기도 한다.
달 없는 밤에는 시간을 거슬러 새가 날아가고
외로운 사람들이 장미꽃처럼 쓰러진다.

스탠드 바이 유어 맨 Stand by your man

흘러간 내 사랑이 흥얼거리던 팝송 〈스탠드 바이 유어 맨〉*

이 세상은 흑과 백으로 나뉘어 싸움뿐이지요.

그 대신 큰 사랑으로 넘쳐나면 얼마나 좋을까요.

우리는 세상에 왜 태어났나요?

사랑을 먹고 사랑을 가슴에 간직하고 떠나기 위해 태어났지요.

그것 말고 더 무엇이 필요할까요?

스탠드 바이 유어 맨

한번 태어나 순식간에 사라지는 인생.

바람난 애인도 따뜻하게 안아 주는 넓은 사랑이 필요하지요.

기억 속에서 흘러간 그 사랑의 미소가 바람의 등을 타고 날아가네요.

강의 물결 속에서는 흘러간 옛사랑의 음성이 보이네요.

떠났다가 다시 돌아온 사랑의 옆에 서 있으세요.

모두가 더 행복해지기 위해서만 싸우세요.

거짓이 아니라 진실이 숭배되고

상식과 합리가 존중되는 세상이 와야지요.

양의 탈을 쓴 늑대는 가라.

진정한 자유가 바람처럼 와야지요.

막강한 힘을 가진 자는 곧 사라질 라이언Lion이지요.

스탠드 바이 유어 맨이라는 노래를 들으면
얼굴도 기억나지 않는 먼 옛날 그 소녀가 생각이 나고
내 가슴은 예리하게 찔리고 구멍이 나지요.
떠났다가 돌아온 그 사랑 옆에 서 있으세요.
시간을 잠시 정지시키고 그 사랑을 양팔로 껴안아 주세요.
사랑을 먹고 살아가고 사랑을 가득히 안고 이 생을 떠나는
스탠드 바이 유어 맨
노래 속의 글자가 따뜻한 문장이 되어
외로운 사람들의 서늘한 가슴에 안기네요.

* 〈스탠드 바이 유어 맨〉: 미국 컨트리 가수인 태미 와이넷Tammy Wynette의 히트송.

석양에 물들다

석양이 내리깔리는 배경으로
그대가 앉아 있는 벤치는 따뜻한 노래가 된다.
내가 그대를 바라볼 때
태어나고 고생하며 살다가 돌아가는
평범한 이야기에도 즐겁고
평범한 것이 제일 큰 행복이라는 것을
너무나도 늦게 깨닫는다.
물이 위에서 아래로 흐르듯
모든 살아 있는 것들은 그렇게 흘러간다.
바람이 불면 나뭇잎들이 흔들리고
꽃은 피면 떨어지고
지는 해는 언제나처럼 산을 넘어가고
외로운 나그네는 평범하게 석양에 물들어 간다.
지나간 것은 돌이켜 보면 행복한 일들뿐이다.
검은 망토를 걸친 절망이 찾아왔다가 지나갔다.
절망도 희망의 다른 얼굴에 지나지 않았다.
말하지 않는다. 이유가 많기 때문이다.
남아 있는 시간은 친절하게도 화사하다.
슬픔도 자주 찾아와
슬픔의 내용을 길게 늘어놓고 하소연하며 지나갔다.

슬픔도 기쁜 일상의 이면이었으므로
언젠가는 혼자가 될
그대가 앉아 있는 벤치가 서럽도록 따스하고 아름답다.
역사는 가고 일기는 남고
시간은 가고 사람들은 가고 추억은 남는다.

모모스 커피점

정오의 시각이 커피를 마신다.
노크하는 애인에게 문을 열어 주는 그 순간처럼
뜨거운 커피가 식는 것을 기다리는 그 순간이 나는 좋다
커피점 모모스에서는 부드러운 소리들이 따뜻한 향기를 낸다.

커피가 바리스타Barista가 만든 끈적끈적한 시간을 마신다.
시간은 흐르다가 프랑스 사람 사르트르의 푸른 눈빛을 던지고 가고
흐르는 시간을 지켜보는 그 순간이 만개한 벚꽃들을 응시한다.

갈색의 시간이 식도를 타고 흘러 들어간다.
사람들의 대화는 구름처럼 떠 있다 흩어진다.
커피가 쏟아진 나무 바닥에서
넘어져 있던 토요일이 일어서고
커피점 안 화분에서는
상상력이 만든 작은 나무의 섬세한 가지에서
시간을 싣고 나뭇잎들이 편안한 마음으로 떨어진다.

>

의자를 피아노라고 부르고
테이블을 우산이라고 부르면
창문을 평화로운 저녁이라고 부를 수 있다.

커피점 밖에 있는 호수에 습관적으로 비가 내렸고
음악이 흐르는 커피점 안에서는
사유와 은유와 상상이 핸드 드립 커피를 마신다.

따뜻한 풍경

바닷가에 남자가 서 있다.
파도가 하얀 뼈를 보여 주며 일어설 때
남자는 한 여자와 사랑을 하여 결혼을 하였고
파도가 푸른 등을 보이며 푸른 지느러미를 흔들며 달아날 때
아들과 손자와 함께 서 있었다.
손자가 파도를 밟자
파도 위에 누워 있던 흰 구름이 하늘로 올라가 목어木漁가 된다.
손자가 자라면 자랄수록 남자의 수명은 줄어들었다
맑은 음역을 매단 기타를 치고 싶었다.
시간을 좀 더 대출貸出하고 싶었다.
바닷가에 한 남자가 사라졌고 한 여자가 남았고
바닷가에 한 여자가 사라졌고 아들과 손자만 서 있었다.
창문 넘어 남자와 여자와 아들과 손자가 함께
어울려 바닷가를 걷던 풍경이 촛불처럼 일렁인다.
거대한 밤이 빈 바닷가를 검은 이불로 덮어 준다.
인근 항구에는 떠나기를 준비하는 배들로 소란스럽다.
가족사진 한 장이 바람의 등에 업혀 멀리 날아간다.
시간이 또 다른 손님을 기다리며 웃고 있다.
순간 속에서 함께 있는 것이 가장 아름다운 풍경이었다.

언어의 꽃

노래를 가지러 산으로 간다.
꽃의 도감에서 걸어 나온
패랭이꽃, 꽃창포, 벌노랑이, 금낭화, 코스모스가
허리를 펴고 풍경을 바라본다.
언어들이 꽃으로 피어나도록
삽으로 땅을 파서 언어의 씨를 심는다.
더운 여름의 땅에 물을 준다.
어렵게 하나의 코스모스가 피어났다.
노래가 흘러내렸다.
빈 그릇에 노래를 담는다.
언어에서 향기가 났다.
원래 꽃은 없었고 꽃은 있었다.
고요는 있지만 마음은 없을 수도 있다.
바람에 코스모스가 흔들리는 것을 누가 노래라고 했을까?
색깔의 침묵이라고 하자.
빛의 발자국 소리라고 하자.
이미 노래는 내 손바닥에 흥건히 젖어 있었다.
길 잃은 새가 내 손바닥에 앉아 노래를 쪼아 먹고 있다.

꽃과 가시

꽃이 검은 가시를 먹는다.
가시가 꽃을 찌른다.
친구여, 꽃의 입을 열어 보아라.
나는 다시 꽃으로 태어나고 싶지 않다.
모래가 될 수 없는 물과
강이 될 수 없는 모래가
함께 아우성을 친다.

팝송이 흘러나오는 카페에서
나는 한없이 나태해진다.
커피를 몇 모금 마셨는데
목 안의 커피에서 가시가 자란다.
가시의 관점에서 하루가 시작되었고
선량한 고통이 단맛으로 변하였고
사랑과 무관한 문장이 따뜻한 빵이 되어
접시에 담겨 놓인다.

꽃이란 단어는 쓰다.
커피 바리스타가 아무리 서글서글한 미소를 짓더라도
꽃은 습관적이고 연속적으로 쓰다.

쓰다라는 단어에
뜨거운 물을 붓는다.

아픈 사랑

시간은 뒤를 돌아보지 않고 달려가고
우리들의 사랑도 흘러가고 사랑할 시간도 흘러가고
나는 시간과 싸우는 레지스탕스를 꿈꾼다.
사랑을 잃어버리자 겨울이 왔고

그대 보내고 뒤돌아 와 작은 주점酒店 의자에 앉으면
함께 불렀던 노래는 하늘로 올라가 구름이 되어 파도치고
끊어졌다가 이어지는 호흡이 참 서럽고 아름다운 꽃이 된다.

그대 보내고 뒤돌아 와 작은 주점酒店 창가에 앉으면
쓸쓸한 눈빛이 별빛이 되어 술잔에 어리고
들꽃 도감을 빠져나온 꽃이 서러운 노래를 흥얼거린다.
그대에게 보낸 편지의 글자들이 걸어 나와 비에 젖고 있다.

고요히 누운 냇가에서 물 냄새가 추억을 끄집어낸다.
어둠은 빛을 밀고 들어올 수 없지만 빛은 어둠을 밀고 들어
오고
이별의 기억은 잠시 추억 속으로 밀어 넣을 수는 있지만
아픈 사랑은 못다 한 말들을 결국 불러내지 못한다.

>

아픈 사랑은 문장이 되어 멀리 떠나야 한다.
너무 아픈 사랑은 새가 되어 은유로만 남아야 한다.
너무 아픈 사랑을 남기려면 다시는 이 세상에 오지 말자.
사랑 대신에 안개가 옆에 와 앉는다.

해 설

존재의 증명과 구원의 노래
—김경수 시의 의미

김경복(문학평론가, 경남대 교수)

이야기는 무엇인가? 이야기는 존재의 근거다. '천일야화千一夜話'를 이야기하는 셰에라자드의 경우가 이를 잘 보여 준다. 그녀는 잔혹한 왕에게 처형당할 운명에 처해 있으나 왕으로부터 죽음을 미루게 할 만한 재미있는 '이야기'를 만들어 냄으로써 하루하루의 삶을 획득하고, 끝내 죽음의 위협에서 벗어나 자유를 얻는다. 여기서 이야기는 제 존재의 근거를 확보하는 일이자 운명을 개척하는 상징으로 등장한다.

그래서 사람들은 각자의 이야기를 만들고, 더 나아가 다른 사람들의 이야기를 듣고 싶어 한다. 이야기 속에 존재의 특성이 담겨 있고, 이를 더 잘 이해할수록 시간에 처단된 존재인 인간의 본질에 대해 더 수긍할 수 있다는 생각 때문이다. 이는 이야기가 가지고 있는 특성에 대한 서사학자 헤이든 화이트의 말을 떠올려 보면 알 수 있다. 화이트는 「리얼리티 제시에서의 서술성의 가치」란 글에서 이야기를 "언급되는 사건의 직선적 복사가 아니라 이를 의미로 대체하는 작업"으로서 "인간적 삶의 무질서와 혼란에 대해 질서와 가치를 부여해 주는 형식, 삶의 전체성을 이해하고자 하는 인간의 근본적 욕망의 투사"로 파악하고 있다. 이야기는 무의미와 무정형의 이 세계에 하나의 질서를 부여해 가치와 의미를 만듦과 동시에 이를 통해 존재와 삶의 전체를 이해하고자 하는 근본적 행위라는 것이다.

시인 김경수는 일곱 번째 시집에 와서 이런 이야기의 의미에 주목하고 있다. 그는 스스로 생각하기에 꽤 지긋한 나이가 되었다고 느끼는지 삶과 죽음의 문제를 비롯한 존재의 본질에 대해 성찰하고 있다. 예를 들어 "시간은 뒤를 돌아보지 않고 달려가고/ 우리들의 사랑도 흘러가고 사랑할 시간도 흘러가고/ 나는 시간과 싸우는 레지스탕스를 꿈꾼다./ 사랑을 잃어버리자 겨울이 왔고"(「아픈 사랑」)를 보면 시간의 흘러감으로 인해 발생하는 상실, 특히 사랑의 상실을 통한 '겨울'의 감각을 노래하고 있다. 그것은 시간에 처단된 존재의 본질적 속성으로 숙명에 대한 감득을 말하는 것이자, 죽음의 기운이 활성화되고 있는 현실에 대한 불안과 슬픔을 토로하는 것이다. 그래서 시들은 일정 부분 애잔한 분위기를 형성하게 된다.

그런 애잔함 속에서 '나'의 존재성을 증명해 줄 것은 무엇인가 하는 물음을 갖게 되면서 '이야기'의 의미에 주목하고, 이 행위의 선상에서 자신의 시와 생애, 그리고 구원을 성찰한다. 그 과정은 꽤 깊고 명상적이다. 깨달음을 추구하는 것인 만큼 잠언적이기도 하고 예언적이기도 하다. 그 깊은 내면의 세계를 이해하려면 독자 역시도 시간에 처단된 존재의 불안 의식을 내면화하면서 김경수 시인이 직조하는 이야기의 풍경 속을 질러가 보아야 할 것이다.

존재의 근거로서 이야기와 문장의 기능

모든 이야기의 출발은 무엇으로부터 생겨날까? 일반적 서사학의 관점에서 말하면, 그것은 주인공이 겪고 있는 현실적 삶의 결핍에서 시작된다. 결핍이 이야기를 이끄는 계기이자 원동력으로 등장한다는 말이다. 그때 결핍은 또 다른 상태, 다시 말해 더 나은 상태를 원하는 욕망의 다른 이름이다. 김경수 시인도 이야기를 꺼내고 싶은 이유가 있을 것이다. 가령, "기억은 아름답게 핀 꽃이다./ 기억은 손에 잡히지 않는 노래이다./ 즐거운 기억이든 슬픈 기억이든/ 기억을 한다는 것은 행복한 일이다./ 기억이 깨어져 산산조각이 나는 그때/ 존엄尊嚴의 가치는 사라진다"(「기억은 아름답다」)의 내용을 보면 알 수 있다. 이 구절에서 화자는 기억이 깨어져 산산조각이 나는 것을 두려워하고 있다. 왜냐하면 기억이 사라지는 것을 '존엄의 가치'를 잃는 것으로 생각하기 때문이다. 따라서 화자에게 기억하는 일만큼 소중하고 행복한 일이 없다.

문제는 시간의 흐름에 의해 발생하는 노화는 기억을 거두어 간다. 앞의 인용 시에서 본 것처럼 "사랑을 잃"게 하여 기억할 수 없게 하고, 감각을 느낄 수도 없게 한다. 그것은 끔찍한 형벌이자 고통이다. 이 고통의 현실을 마주하게 되었을 때, 아직 지각 있는 존재자라면 "더 이상 시간이 흐르지 않게 해야 했었다"(「꽃과 인생」)에서 볼 수 있는 것처럼 시간의 흐름을 멈추게 하고 싶거나, 자신의 의식을 명민하게 만들어 영원히 기억하게끔 하고 싶을 것이다. 인간 존재로서 시간을 멈추게 하지는 못하므로 남은 것은 살아 있는 내 존재성을 예민하게 느끼면서 이를 시간을 초월한 의미 있는 대상으로, 즉 작품으로 만드는 일이다. 그것이 이야기다. 김경수 시인으로 보자면 '시 쓰기'가 그것이다. 그에게 시는 자신의 존재를 증명하고, 자신의 가치를 영원히 보존하는 성스러운 기록이다. 다음 시편이 이를 잘 보여 주고 있다.

우리는 모두 자신의 관점에서 하루를 시작한다.
습관적인 생각과 매일 연속되는 생활을 버려야 새로운 날이 시작된다.
말하지 않고 눈빛만 던지는 것이 더 철학적이고 이지적理智的이다.
아침은 모르는 사람들의 이름처럼 시작된다.
이때 적절한 이야기가 필요하다.

내가 너에게 네가 나에게 책이 되어야 하고
오래된 라디오가 되어야 하고 노래가 되어야 한다.
식탁 위에 있는 꽃병도 이야기를 해야 한다.
이야기만이 사람의 마을의 하루를 즐겁게 열 수 있다.
절망적인 뉴스만 넘쳐 나는 아침에는
너에게도 나에게도 진실한 이야기가 필요하다.
집도 이야기를 하고 싶어 한다.
이야기를 듣지 못하면 화분의 꽃은 시들 수밖에 없다.
꽃병에 이야기를 채워야 한다와 서랍에 이야기를 넣어 두어야 한다가
이야기가 되고 담론談論이 되고 토론이 되고 논쟁이 되어
상처가 나기도 하지만
이야기가 없는 삶은 외로운 삶이고
침묵하는 삶에서는 이야기가 그리워지고
이야기가 비록 장황하더라도
이야기가 쓸데없는 내용일지라도
이야기가 거짓말 같더라도
이야기가 꽃병에 물을 채워 넣고 삶에 안락한 집을 만들어 준다.
…(중략)…
나의 삶이 아무리 슬픈 내용이라도
이야기는 바람 신발을 신고 즐겁게 춤춘다.

—「이야기와 놀다」 부분

이 시에서 이야기는 존재 증명의 근거이자 그 목적이다.

시인이 생각할 때, "우리는 모두 자신의 관점에서 하루를 시작"하므로 자신의 관점에서 새로운 날을 시작할 이유, 즉 각자가 그렇게 해야만 하는 근거가 필요해 보인다. "이때 적절한 이야기가 필요하다"가 그런 이유에 대한 답이면서 목적이 된다. 모든 존재에게 부여된 특성의 확인으로서, 그리고 그 존재의 변화와 성장에 따른 의미의 부여로서 '이야기'가 필요하다는 내용이다. 이는 "식탁 위에 있는 꽃병도 이야기를 해야" 자신의 존재성을 확보할 수 있다는 구절에서, "이야기만이 사람의 마을의 하루를 즐겁게 열 수 있"게 한다는 가치 지향의 표현에서 엿볼 수 있다. 이야기는 존재 증명의 도구이자 그 목적이 된다.

이런 이야기는 서로의 존립 근거가 됐을 경우 "내가 너에게 네가 나에게 책이 되"기도 하여 하나의 긴 관계망을 형성하기도 하고, "담론談論이 되고 토론이 되고 논쟁이 되어" 가치 있는 삶이 무엇인지를 찾아 나서게도 한다. 이야기는 존재와 존재를 둘러싼 이 세계 전체를 질서화하고 의미를 부여함으로써 "나의 삶이 아무리 슬픈 내용이라도/ 이야기는 바람 신발을 신고 즐겁게 춤"추게 해 준다. 가히 이야기라는 형식의 절대성과 완벽성을 느끼게 해 주는 부분이다.

이야기들은 서로 이어지고 엮어져 하나의 체계를 이루기도 하는데, 그때 그 이야기는 거대한 이야기, 즉 '책'이 된다. 그리고 반대로 이야기들은 자신을 이루는 하나하나의 요소들로 쪼개어질 수 있는데, 그때 그것은 이야기의 작은 단위로서 '문장'이 된다. 김경수 시인에게 책과 문장은 이야기와 그 의미의 맥락을 같이하면서 현실 속에서 이야기의 기능이 그 층위를 달리해 실현될 때 나타난다. 다음과 같은 시들이 그런 내용을 보여 준다.

책은 몸이기도 하고 생각이기도 하고
책은 꽃이기도 하고 이파리이기도 하고
책은 둥지를 찾아 날아가는 새의 발자국 모양이기도 하고
허공에 울려 퍼지는 북소리이기도 합니다.
책상에 앉아 잠시 창밖을 응시할 때
책 속의 사상이 물방울이 되어
강물인 당신에게로 흘러가기도 합니다.
그 짧은 시간이 긴 영원한 시간이 되고
그 속에서 진리를 만나고 빛나고 차가운 눈물을 만납니다.
오래된 책에서는 시간이 흘러간 흔적이 향기가 됩니다.
사람들의 생각은 죽음에 의해 깨끗이 지워지지만
책 속에서는 영원히 혼자 남은 깃발이 펄럭입니다.

—「인사하는 책」 부분

나는 앉아 있다.
문장이 앉아 있는 나를 쓴다.
문장과 문장 사이에 바람이 분다.
문장이 쓰는 단어는 뒤죽박죽이다.
내가 어떤 문장도 떠올리지 못할 때
문장이 나의 내면을 쓴다.
낙타가 사막을 횡단한다.

사막에 꽃이 만발한다.
발 없는 꽃들이 뛰어다녀도
나는 계속 앉아 있고
나의 머릿속은 비워져간다.
펜이 종이 위에 문장을 쓰고
문장이 나를 묘사한다.
…(중략)…
태어남도 던져지고 죽음도 던져진다고
책상 위에 놓인 편지에 쓰다가 만 시詩가
저녁 늦게까지 나를 기다린다.
다락방이 우유를 마시고
눈송이 떼가 푸른 코끼리들을 몰고 온다.

—「문장이 나를 쓴다」 부분

두 편의 시도 모두 존재의 증명과 관련된 이야기의 특성을 말하고 있다. 그렇지만 이야기라는 말보다 상황에 맞는 더 적절한 어휘가 필요할 때, 책과 문장이 등장함을 발견하게 된다. 먼저 「인사하는 책」을 통해 그것을 살펴보면, 책은 "책은 몸이기도 하고 생각이기도 하고/ 책은 꽃이기도 하고 이파리이기도 하"는 등 모든 존재가 될 수 있고 존재 그 자체를 증명할 수 있는 근거로 등장한다. 이는 앞의 '이야기'의 특성과 다를 바 없다. 다만 책은 하나의 완결된 형태를 띠고 세상에 출현하므로 자율성을 지닌 단독자, 즉 운명을 가진 존재로 여겨진다는 점이 다르다. 그리고 그 책은 완결에 따른 불변, 즉 항구성을 띠게 됨으로써 "사람들의 생각은 죽음에 의해 깨끗이 지워지지만/ 책 속에서는 영원히 혼자 남은 깃발이 펄럭"이게 되는 초월성을 획득한다. 이야기가 하나의 생명체로 응결되어 영적 존재로 완성되어 간다는 의미를 책의 형상에 불어넣는 것이다. 시인은 자신의 존재성을 이렇게 이야기의 집합체인 책으로 만들어 영원한 존재자가 되고 싶음을 무의식적으로 표출하고 있다.

이러한 관점은 「문장이 나를 쓴다」에도 적용할 수 있다. 문장의 가장 큰 특징은 "문장이 앉아 있는 나를 쓴다"는 구절에 나타난다. 곧 문장은 내가 어떤 형태로 변하든 나의 존재성을 포착하여, 다시 말해 "문장이 나의 내면을 쓴다"에서 볼 수 있는 것처럼 안팎을 막론하여 살펴 그 본질적 특성을 구현하고 증명한다. 그런 점을 고려하면 이 시에서 문장은 곧 '나'인 셈이다. 이것 역시 앞의 '이야기'의 특성과 다를 바 없다. 그리고 이 시에서 문장은 "책상 위에 놓인 편지에 쓰다가 만 시詩"라는 표현으로 볼 때 '시'를 가리키는 말임을 알 수 있다. 그에 따라 김경수 시인에게 가장 내밀하고 본질적인 자아 성찰과 증명의 도구가 '시'임을 알 수 있다.

시인에게 시가 자신의 존재성을 증명하는 무기이자 목표가 된다는 말은 그렇게 새로운 내용은 아니다. 그러나 김경수의 시에서 이런 내용을 이야기와 책, 문장이 주체가 되어 화자 자신을 바라보는, 다시 말해 존재론적 은유로서 사물이 주어가 되어 화자 자신을 대상화하는 표현 방식은 역설적 관점으로 자신의 현존을 인식하는 것이기에 낯설고 기이해 보인다. 이런 표현으로 인해 나이 듦에 따른 자신의 존재성에 대한 고뇌와 갈망이 더 강렬하게 활성화되고 있고, 독자에겐 참신한 풍경으로 제시되고 있다. 김경수의 시는 기이한 어법으로 말을 걸어, 독자들로 하여금 한시도 마음을 놓지 못하는 긴장 상태를 유발하며 자신의 풍경 속으로 다가오게끔 하고 있다.

시간에 대한 인식과 물음을 통한 수긍의 날들

결국 문제는 시간이다. 존재의 본질에 대한 사색의 계기도 시간의 흐름에 대한 감각에서 비롯된다. 시간의 흐름이 존재의 위기감을 불러일으키고, 존재의 영속을 위한 갈망과 고뇌를 들끓게 만든다. 이야기의 등장과 필요성도 실상 여기에서 비롯된다고 말할 수 있다. 시간이 인간 존재의 본질적 속성을 결정하기에 자신의 본질을 성찰하기 위해서는 존재의 본질적 요건으로서 시간에 대한 성찰을 빠뜨릴 수 없다. 특히 죽음이 실감으로 느껴지는 나이에 들게 되면서부터 시간은 살갗에 맺히는 물방울처럼 구체적 대상으로 지각되고 인식 속에 들어온다.

시인 김경수에게도 시간은 그와 같은 물질적, 관념적 요소로 내면화된다. 그것은 고통의 심부를 확인하는 행위로서 문제의 핵심을 회피하지 않고 정면으로 응시하는 태도에 가깝다. 그렇지만 죽음이라는 끝을 전제한 성찰이라는 점에서 처연한 감정을 배제할 수 없다. 다음 작품들이 그와 같은 감정들을 잘 보여 주는 시편들이지 않을까?

마음에서는 시간은 흐르지 않는데 육체에서는 시간이 흐른다.

오래간만에 만난 여자 친구 얼굴에도 많은 시간이 흘렀다.

흘러간 시간의 그 끝에 서서

꽃은 피었다가 지고 또다시 피지만

우리는 한번 가면 돌아올 수 없다.

나무의 잎이 다 떨어지는 것 같다.

우리는 한 그루 나무였지만

시간이 지나면 결국 낙엽이 된다.

기억이 산책로를 파랗게 색칠한다.

이 기억은 정확한지 혼란스럽다.

여기 아니 저기에 그녀와 함께 앉아 있었지.

시간이 너무 흐르면 기억이 지워지기 시작한다.

기억이 온전할 때 나는 나이고 현재에 살지만

기억이 없는 나무는 떨어진 이파리에 불과하다.

기억을 잃지 않기 위해 전쟁터의 군인처럼 긴장한다.

나의 시계는 숲속에 있고 흐르는 시간의 초침 소리가 여기까지 들린다.

날아가는 시간의 속도를 줄이기 위해

햇살이 좋은 날에는 언제나 산책로를 걷는다.

나를 보고 웃으며 가볍게 목례를 하는 당신은 누구인가?

나는 누구이고 나는 어디에 있는가?

"내 잎사귀가 다 지는 것 같아."

—「기억과 시간이 지워지는 벤치」 부분

시간이 모래처럼 흘러간다. 시간이 바람에 흩어지고 다시 모인다. 시간에도 무게가 있었다. 바람에 휘날리며 날아온 모래를 밟고 사람들은 둥글게 춤추고 울고 웃는다. 시간을 뛰어넘어 사람들은 과거의 인연을 만나고 시간이 던져주는 횃불을 앞세워 미래를 만난다. 모래와 사람과 한 생애가 어울려 하나가 되었다가 다시 흩어진다. 영원에 비하면 일생은 순간이다. 그것이 슬픔인지 편안함인지 알 수가 없다. 모래에 묻혀서도 살아남아야 진정한 승리자이다. 슬픔을 삼키고 또 삼켜야 진정한 사람이 된다. 모래는 시간이고 시간은 슬픈 표정을 한 이 시대의 사람이고 사람은 모래가 된다. 현재 이 시점만 나의 것으로 허락하고 무표정하게 달려가는 시간은 무서움인가 안락함인가? 모래에 덮여 보면 비로소 답을 알 것이다. 과거는 현재에 스며들어 있지만, 미래는 징조로만 알 수 있다. 세월이 많이 흐른 후에 사람들은 모래가 되고 모래가 된 사람들을 기억하기 위해 살아남은 사람들은 사진 앞에 서서 고개를 숙인다. 시계를 뒤집자 모래가 흘러내린다. 시간이 손가락 사이로 흘러내린다. 무의식이 흘러내린다. 들을 수도 없고 볼 수도 없는 죽음도 다른 형태의 행복인가? 폭풍에 떠밀려 죽음을 향해 걸어가는 모래의 행렬이 웃는다. 지평선 위로 모습을 드러내는 모래로 만들어진 거인이 입을 열자 향기, 사랑, 노래, 꿈이 줄

지어 거인의 입 속으로 빨려 들어간다. 영생永生이라는 신
기루를 향해 떠난 낙타는 돌아올 수 있을까?

—「모래시계」 전문

두 작품 모두 시간에 대한 사색을 통해 존재의 본질을 성찰하고 있다. 시간이란 선험적 범주를 어떻게 경험할 수 있는 범주 내로 끌어들여 제 나름으로 이해할 수 있는지를 상상해 봄으로써 시간 속의 진정한 자아를 구축하고자 애쓰고 있다. 이를 우선 「기억과 시간이 지워지는 벤치」를 통해 살펴보면, 시적 화자는 시간의 물질성을 "마음에서는 시간은 흐르지 않는데 육체에서는 시간이 흐른다"라든지 "시간이 너무 흐르면 기억이 지워지기 시작한다" 등으로 파악한다. 이러한 인식으로 인해 "기억이 온전할 때 나는 나이고 현재에 살지만/ 기억이 없는 나무는 떨어진 이파리에 불과하다"는 결론을 얻게 되고, 이를 통해 시간의 흐름이 나의 존재성을 절대적으로 결정함을 확인한다. 결국 시간의 흐름 속에서 나의 실체는 계속 유동적이거나 예측 불가의 상태로 갈 수밖에 없음을 말하고 있다. 이것은 현상의 진실을 확인하는 것이자 동시에 더 깊은 차원의 의문을 품게 되는 일이다.

그래서 시간에 대한 사색이 존재의 본질에 대한 성찰로 이어질 때 의식을 가진 '나'란 존재가 과연 무엇인지를 묻지 않을 수 없는 상태로 나아간다. 시에서 이는 "나를 보고 웃으며 가볍게 목례를 하는 당신은 누구인가?/ 나는 누구이고 나는 어디에 있는가?" 하는 물음으로 나타난다. 이 물음

이야말로 인간 존재의 영성과 절대성을 엿보게 하는 행위이지만, 동시에 세계의 편린片鱗으로 주어진 존재의 불완전성과 비극을 잘 보여 준다. 의식의 각성이 갖는 찬란함이 곧바로 슬픔의 진창이 되고 마는 놀라운 역설을 보게 되는 것이다. 그렇기에 "내 잎사귀가 다 지는 것 같아"라는 말은 자신의 실존에 대한 의식의 명료함을 보여 주면서 동시에 존재의 몰락을 예감하는 슬픔을 토로하는 것으로 매우 처연한 감정을 불러일으킨다.

이러한 내용은 「모래시계」에서도 발견된다. 나이가 들어감에 따라 "시간이 모래처럼 흘러간다. 시간이 바람에 흩어지고 다시 모인다"에서 볼 수 있는 것처럼 시간이란 현상이 물질적 대상으로 지각된다. 감각적 대상이 된다는 것은 내면에 명료한 의식으로 인식된다는 말이다. 시간이 감각에 포착되지 못했을 때에는 존재의 문제 역시 본질적 차원에서 성찰되지 않았다고 볼 수 있다. 시간이 지각되기 시작했을 때, 존재는 있음과 없음의 문제에 봉착한 본질적 현상을 인식하기 시작한다. 그에 따라 화자는 "영원에 비하면 일생은 순간이다. 그것이 슬픔인지 편안함인지 알 수가 없다. 모래에 묻혀서도 살아남아야 진정한 승리자이다"라고 시간 속의 자기 위치를 감득한다. 그 깨달음은 우리 인간으로서는 결코 완전한 앎에 이를 수 없다는 점에서 끝없는 의문, 즉 "현재 이 시점만 나의 것으로 허락하고 무표정하게 달려가는 시간은 무서움인가 안락함인가?", "영생永生이라는 신기루를 향해 떠난 낙타는 돌아올 수 있을까?" 등의 물음으로 남게 된다. 시간이 존재의 본질적 속성이자 요건임을 터득하였다고 하더라도 그 터득의 끝은 여전히 불가지不可知로 남는다는 점에서 의문은 필연적 형태로 나타날 수밖에 없는 것이다. 이러한 과정을 김경수 시인은 시간에 대한 성찰로, 시간에 대한 성찰을 다시 존재에 대한 의문으로 전화한 이야기, 곧 시로 말하고 있다.

그렇기에 시간 속의 인간 존재, 특히 자신의 존재에 대한 연민은 피할 수 없다. 인간 존재의 불쌍함은 그것을 인식하게 하는 대상에 의해 발생하는 것일지 모른다. 그 말은 인간 존재에 느끼는 애잔함을 역설적으로 그러한 인식을 불러오게 하는 '시간'에도 부여할 수 있다는 뜻이다. 가령 "다시 바라보면 시간은 가난하고 불쌍하게 보인다./ …(중략)…/ 시간을 택시에 태울 수는 없다./ 시간은 항상 헤어질 준비가 되어 있기 때문이다./ 아, 천 개의 발을 가진 시간을 보면 눈물이 난다./ 도마 위에 놓여 있는 토막 난 물고기는/ 앞만 보고 달려가는 시간의 흔적이다"(「가난한 시간」)와 같은 말은 시간을 인식하는 '나'와 나의 한계를 만드는 '시간' 모두 애처로운 대상임을 말해 주고 있다. 필연적 관계성을 가진 것들은 같은 의식이나 감정으로 물들여지기 쉽다. 시인에게 시간 역시 "가난하고 불쌍하게 보"이는 것은 자신에 대한 깊은 연민에 기반을 둔 것이지만 이 세계를 구성하는 선험적 질료로서 시간과 공간에 대한 인간의 의미 부여, 곧 의식적 존재의 위대성을 역설적으로 보여 주는 것일지도 모른다. 이는 세계 이해를 통한 자기 이해와 자기 이해를 통한 세계

이해가 별반 다를 바 없다는 것이다.

그렇게 본다면 시간 속에 놓여 제 존재의 불완전과 연약함을 자각하고 의식하고 있다면 그 존재와 삶은 충분한 의미를 획득하였다고 볼 수 있다. 우주적 차원의 가치와 아름다움을 지녔다고 말할 수 있는 것이다. 그런 관점에서 다음과 같은 시는 김경수 시인이 깨달은 삶의 자세를 잘 보여 준다.

> 모든 것이 시간의 흐름 탓이다.
> 쓸모없는 인생도 가까운 훗날 사라짐으로써 쓸모 있게 된다.
> 광장은 살아 있다.
> 쓸모없는 공간도 사람들이 들어섬으로써
> 쏟아지는 눈발처럼 아름다운 풍경이 되기 때문이다.
> 얼마 남지 않은 인생이 광장에 사람들을 모여들게 한다.
> 쓸모없는 공간이 쓸모없는 인생들을 모아
> 쓸모 있는 강물이 되고 싶어 한다.
> 사랑이 죽고 상식이 땅에 떨어져 누웠고
> 증오가 나무줄기를 타고 오르는 자유민주주의 공화국에서
> 주위에는 서러운 눈빛으로 하늘의 별이 되는
> 쓸모없는 인생들이 많아진다.
> 쓸모없는 인생이다라는 문장은 처음부터 없었다.
> 우리는 누군가에게는 쓸모 있는 인간이기 때문이다.
>
> —「쓸모없는 인생은 없다」 부분

이 시에서도 화자는 모든 삶의 의미와 존재의 가치를 결

정하는 것이 '시간'이라 보고 있다. 시간의 흐름으로 인해 "쓸모없는 인생도 가까운 훗날 사라짐으로써 쓸모 있게 된"다. 시간의 흐름으로 볼 때 쓸모 있음과 쓸모없음의 구별은 불필요하다. 이는 장자의 '무용의 용(無用之用)'의 의미를 연상시키는 대목이다. 시간에 대해 사색하게 된다면 세속적 관점의 가치 평가가 얼마나 하찮은 것인지, 진정한 우주의 진리가 얼마나 색다르게 펼쳐질 수 있는지를 감오感悟하게 된다. 그것은 하나하나 세속적 관점에 대해 의문을 제기하면서 '시간'이란 화두를 통해 세계의 진실을 터득해 가는 과정과 같다. 제 나름의 진리를 찾아냄으로써 고개를 끄덕여 수긍하고, 제 존재의 의미를 탐색하고 부여해 이를 세계 속에 각인해 가는 행위인 것이다.

이는 역설적 관점에서 세계를 이해하는 일이다. 또한 단견에서 벗어난 대긍정의 자세이기도 하다. 가령, "영원한 이별은 꽃처럼 아름다울 수가 있다./ 이별이 이별과 악수하고/ 이별이 이별을 향해 손을 흔든다./ 새가 눈을 감는 것과 꽃잎이 떨어지는 것은/ 자연 속에서 연결돼 있고/ 이별은 새로운 만남을 예정한다"(「이별도 아름다운 꽃이다」)에 나타나는 마음의 자세와 같다. 이별이 아름다울 수 있다는 인식은 세계를 총체적으로 보게 될 때 발생한다. 단선적, 단면적 시각에서 벗어날 때 세계는 다양한 진실을 보여 준다. 그런 관점에서 보면 죽음도 반드시 두렵고 슬픈 것만은 아닐 수 있다. 김경수 시인은 시간에 대한 사색과 존재에 대한 탐색을 통해 이를 말하고자 하는 것인지 모른다.

잠언의 형식과 구원의 상상력

새로운 세계에 대한 각성의 눈을 뜨게 되었을 때, 말하는 방식은 일반적 말하기와 달라진다. 흔히 말하는 역설이 가미되거나 암시와 단언이 주조를 이루는 어법이 나타난다. 실제 김경수 시인의 이번 시집을 읽어 보면 상당한 시편들에 역설적 표현이 쓰이며 어떤 현상의 새로움을 전하기 위한 단언적 어조가 많이 보인다. 그것들은 일정한 깨달음을 전제로 한 표현이다. 다음 시들이 그런 예를 잘 보여 주는 것이지 않을까?

> 산 자들은 언젠가는 사라지고 새로운 생명들이 그 자리를 차지하듯
> 비워지는 것과 비우는 것을 인정할 때 아름다운 희생이 된다.
> 파란 하늘에 새들이 즐겁게 노래하며 줄지어 날아가지만
> 산 자들은 저마다의 통증을 안고 걸어간다.
> 아픈 걸음도 있었고 즐거운 걸음도 있었고 슬픈 걸음도 있었지만
> 순간에서 순간으로 걸어가는 행위가 더 중요하다고 인정할 때
> 영원한 것은 없다, 라는 구절을 되뇌면서도 행복해진다.
> 따뜻한 한순간 속에는 짧은 사랑과 기다림이 있었고
> 순간 속에 있는 간절한 노래가 순간을 영원으로 만든다.
>
> —「대화를 하다」 부분

세상의 많은 영혼들이 사라져 간 행간行間에
꽃은 닻을 내리고 기적汽笛을 울린다.
피아노 위에 꽃병이 놓여 있고
꽃병에서 자라난 나비가 건반 위에 앉아 팔랑인다.
이끼가 물고 있는 물기가 글자가 되어 걸어 나온다.
문장들 사이에 떠 있는 꽃은 미지의 대륙을 향해 출항
할 채비를 한다.
나비가 두드린 음률이 푸른빛을 낸다.
게아재비가 밤의 표면을 미끄러져 간다.

—「꽃의 기억」 부분

인생은 깊은 숲속에서 겨울에 피는 붉은 동백꽃이다.
삭풍에 흔들리는 가는 나뭇가지이다.
시련은 시간 속에 숨어 있었다.
시련을 달래 주기 위해 꽃은 피었고
숲에서는 새들이 노래했다.
시간의 문을 열고 들어가면 시련이 없는 나라가 있을까?
시련을 먹고 인간은 자라고
시련을 극복하며 인생은 단단해진다.
시련은 자신이 절망 속에서 피어나는 꽃이라고 생각한다

—「시련이 없는 인생은 없다」 부분

이들 작품은 그 표현하고자 하는 대상이 상당한 관념을 내포한 것임에도 불구하고 시적 긴장과 아름다움을 담고 있다. 그러한 까닭은 언어적 운용의 새로움과 시상의 탄력에서 비롯된다. 곧 시는 독자의 시선에 가닿아 쉽게 내려앉지 않고 이모저모 새로운 표피와 심층을 펼쳐 독자의 의식을 사로잡는다. 「대화를 하다」에서 이것은 "비워지는 것과 비우는 것을 인정할 때 아름다운 희생이 된다"든지 "순간 속에 있는 간절한 노래가 순간을 영원으로 만든다"라는 표현을 통해 볼 수 있다. 「꽃의 기억」에서 이것은 "세상의 많은 영혼들이 사라져 간 행간行間에/ 꽃은 닻을 내리고 기적汽笛을 울린다", "게아재비가 밤의 표면을 미끄러져 간다", 그리고 「시련이 없는 인생은 없다」에서는 "인생은 깊은 숲속에서 겨울에 피는 붉은 동백꽃이다", "시련은 시간 속에 숨어있었다" 등의 문장으로 나타난다. 모두 일상적 인식을 벗어난 역설적 의식을 보여주거나, 많은 의미가 함축된 상징적 의미를 가진 말들이다. 곧 "비워지는 것과 비우는 것을 인정할 때 아름다운 희생이 된다"의 역설이나 "인생은 깊은 숲속에서 겨울에 피는 붉은 동백꽃이다"의 은유는 모두 단정적 발언을 통해 확신을 주면서 그 안에 많은 의미를 함축하고 있다. 이러한 표현은 어떤 확고한 믿음이나 깨달음을 가진 사람들이 어떤 진리를 전달하기 위해 쓰는 방식이다. 즉 경구警句의 형식인 것이다.

그런데 김경수 시에서 이러한 표현은 시간을 통한 존재의 성찰에 그 뜻이 모아지기 때문에 존재론적 의미를 지닌다. 즉 보다 참된 존재가 되어 진정한 삶의 가치를 획득하려면 어떻게 해야 하는가에 기반을 둔 명상의 언표화이니 만큼 깊은 깨달음을 전제하고 있다. 그렇기에 이런 언어적 형식은 존재론적 차원의 구원을 얻고자 하는 개인 내부의 심층적 말이면서, 세상 사람들에게 자신의 깨달음을 전파하는 형식이 된다. 곧 종교적 차원에서 이루어지는 잠언箴言의 형식으로 보인다는 말이다. 때문에 화자의 태도 역시 상당 부분 선지자적 입장에서 말하는 느낌을 준다. 비의秘意를 깨닫고 이를 전파하고자 하는 사람은 먼저 깨우친 자가 아니면 안 된다.

그 점에 김경수의 이번 일곱 번째 시집의 특성이 있다. 김경수 시인은 시를 통해 존재를 구원할 수 있는 제 나름의 방식을 알려 주고자 하는 것일까? 그것은 비록 의문을 품은 형식이긴 하지만 깨달음을 전면에 배치하고 있다는 점에서 복음을 전도하는 느낌이다. 실상 시의 본질은 깨달음의 확인이자 이를 전파하기 위한 노래의 형식이라는 점에서 이러한 짐작에 대해 터무니없다고 볼 수 없다. 오히려 시의 가장 본질적 속성을 인간 존재에 대한 탐색의 주제로 가장 깊은 심급의 경지로 밀어올린 것은 아닌지? 그런 관점에서 다음 시편은 김경수 시의 전부를, 아니 그의 내밀한 심층을 보여 주는 것 같아 흥미롭다. 그 시는 이렇다.

> 슬픔에도 방향이 있다.
> 다친 새가 물을 마시는 소리가 그 기준이다.
> 작은 새에게도 자신만의 공간이 있다.
> 물고기의 지느러미가 흔적을 지운다.
> 빈집에는 소리와 빛이 부딪혀 푸른빛을 낸다.

기억은 따뜻한 봄을 떠올리고
승차권 카드를 대자 버스는 봄을 찾아 떠난다.
나는 하나의 이파리가 되어 허공을 떠다닌다.
저녁노을은 추억의 냄새를 맡을 수 있는 오래된 책이다.
책장을 넘기면 먼 곳으로부터 북소리가 들린다.
하늘을 날아다니던 붉은 마차가 산을 넘어가자
죽음의 빛도 아름다울 수 있다는 것을 본다.
결국 나는 허공을 떠도는 시간의 흔적이고
물방울인 내가 언젠가는 강으로 들어갈 것이다.

—「추억의 냄새」 부분

하나의 아름답게 구축된 성채를 보는 것 같다. 아니 한 편의 아름답게 완결된 이야기를 보는 것 같다. 시의 아름다움은 "슬픔에도 방향이 있다"는 표현에서 볼 수 있는 것처럼 감각적 깨달음이 주는 신선함에서부터 시작된다. 그러나 무엇보다 이 시는 "죽음의 빛도 아름다울 수 있다는 것을 본다"는 표현을 통해 인간의 궁극적 문제에 대한 제 나름의 해답을 얻었구나 하는 놀라움을 주는 데에서 아름다움을 발생시키고 있다. 시인 김경수는 이 시에 와서 제 나름의 구원의 실마리를 찾은 것이다. "결국 나는 허공을 떠도는 시간의 흔적이고/ 물방울인 내가 언젠가는 강으로 들어갈 것이다"에 보이는 우주와의 합일 의식이 그것이다. 이것은 시간 속의 처단된 제 존재의 속성과 의미, 그리고 지향에 대한 많은 부분을 스스로 납득한 내용의 표현이다. 그래서 보는 독자도 죽음의 문제에 대한 한 실마리를 붙잡은 것 같아 마음의 울렁임을 감출 수 없다.

김경수 시의 풍경은 결국 인간 존재의 위상과 의미에 대한 명상의 길이었음을 알 수 있다. 시인 스스로 "우리는 지나가는 존재이다"(「꽃과 인생」)라고 말하고 있는 데서 이를 알 수 있다. 시간 속의 여행자, 혹은 시간 속의 소멸자! 그 어느 것이든 시간 속에 처단된 존재가 인간임을 부정할 수 없지만 시간 속을 결국 지나야 하는 입장에서 어떤 마음을 가지고 이를 바라보느냐 하는 태도는 많은 차이점을 낳을 것이다. 김경수 시인은 자신의 사색을 통해 죽음도 아름다울 수 있다는 것을 깨달았으므로 이생의 삶을 결코 덧없게 여기지는 않을 것이다. 슬픔이 있는 방향을 따라 담담하고 담대하게, 운명을 수긍하면서 걸어갈 것이다. 그것으로 종교에서 말하는 영성을 획득할 수 있음을, 인간 존재의 흔적을 이 우주에 새기는 이야기를 완성할 수 있음을, 아름다움으로 구원을 빚는 '시'의 심처를 찾아낼 수 있음을 보여 주는 것이다. 시인 김경수는 이를 구도자의 자세로 수행하고 있다.